台語語音學

手冊

Handbook of Taiwanese Phonetics

作者：李清木

國家圖書館出版品預行編目資料

台語語音學手冊／李清木著. --初版.--臺中市：
樹人出版，2024.8
　　面；　公分
　　ISBN 978-626-98620-3-0（平裝）

1.CST: 臺語　2.CST: 語音學
803.34　　　　　　　　　　113008113

台語語音學手冊

作　　者　李清木
校　　對　李清木
發 行 人　張輝潭
出　　版　樹人出版
　　　　　412台中市大里區科技路1號8樓之2（台中軟體園區）
　　　　　出版專線：(04) 2496-5995　傳眞：(04) 2496-9901
出版編印　林榮威、陳逸儒、黃麗穎、水邊、陳婷婷、李婕、林金郎
設計創意　張禮南、何佳誼
經紀企劃　張輝潭、徐錦淳、林尉儒
經銷推廣　李莉吟、莊博亞、劉育姍、林政泓
行銷宣傳　黃姿虹、沈若瑜
營運管理　曾千熏、羅禎琳
經銷代理　白象文化事業有限公司
　　　　　401台中市東區和平街228巷44號（經銷部）
　　　　　購書專線：(04) 2220-8589　傳眞：(04) 2220-8505
印　　刷　百通科技股份有限公司
初版一刷　2024 年 8 月
定　　價　200 元

本《台語語音學手冊》是原冊《台語語音學》ㆤ手冊。

【不使放伊衰微】

語音，語言之本，
語言，民族文化之所依。
何況，母語這尼美，
不使放伊衰微。

【愛台語，愛台語】

愛台語，愛台語，
三平三切 do-re-mi。
循環變調好規矩，
爸母正音24字。
ㄜㄚ寫音好文法，
我愛台語台灣味。

台語ㆤ語音學奇蹟：十二項稀罕ㆤ特色（李清木 2023 洛杉磯近郊）

1. 三平調：頻率持平就是樂音。台語用低中高三个平調，如語如歌。
2. 三切調：平調切尾就是切調，親像staccato，好聽，語音加倍豐富。
3. 三頻率三款用法：三平一降一升三切，台語八調「老阿公損鑼足活潑」。
4. 循環變調：照高中低ㆤ順序，變去隔壁調，台語變調順自然，好教好學。
5. 變調是文法：「花園」詞內「花3」變「花2」做形容詞，形容「園」。
6. 可用母音音元過百：六母音各八調，加鼻音，加 m，ŋ，ia，iao，等。
7. 只用24个簡單音母：善用調性，無需要足多音母，一音配一字，免捲舌。
8. 詩歌、樂音性：母音豐富容易押韻，詩謠，歌戲，四字聯，七字ぁ優美。
9. 高山大海ㆤ語言：鼻音共鳴，穿透力強，發音省時省力。
10. 表音字/寫音字：簡明，連音優美，「寫意字-寫音字」融合完滿。
11. 語音式文法：超越書寫文字，用「ㆤ ぁ」兩音做文法，處處文法。
12. 意音字台文：「寫意字+寫音字」融合「語音式文法」，殊勝無雙。

本冊用意音字台文（參看第七章）

自序 (本序用「意音字台文」)

母語瀕危，急需台語人不遺餘力來挽救佮保惜。何況母語三聲如歌，變調神奇，語音式文法優異，堪稱人類語音ㄟ奇蹟。(註：ㄟ = 之，的，ê，音ê)

如語如歌：台語是樂音式語言，其發音系統基於三ㄟ天然頻率。

台語八調基於三平調：低平、中平、高平，名叫 1調、2調、3調。因為「台語人」唱歌普遍用簡譜，所以 1，2，3 簡稱 do，re，mi，以便教學。台外古今，人類攏用全款ㄟdo-re-mi 來唱歌，mi/re ㄟ頻率比是 1.1225。一平do会使降低頻率，但是「低音do」照常遵守1調ㄟ變調規則，無作新字，所以照常是1調。**三平調切斷就是三切調**，全款頻率，加附點，do.，re.，mi.。用「法3.國2.獨1.立3.」來練習台語切調ㄟ三頻率，方便好用。

三平調 1，2，3 加三切調 1.，2.，3. 就是台語ㄟ六調。此外兩調，降調（4調）是由3順降，升調（5調）是1升到2，分二節。攏總，就是台語ㄟ八調，就是「老1阿2公3摃4鑼5足3.活1.潑2.」或是「杜1良2兄3過4年5七3.十1.七2.」或是「四1五2三3九4〇5十七1.2.六3.」。這比「衫1短2褲3闊4人5矮6鼻7直8」正確。後者欠缺（1.）調，重複4/6調，無照物理樂理生理順序來分類排列。三平調会使用小平線來註調，低平佇左上、中平佇正上、高平佇右上。全款，三切調用小點來標示，低切佇左上、中切佇正上、高切佇右上，明瞭，有系統，有調性ㄟ「直視覺」。

循環變調：變調是台語ㄟ特色殊勝。首先需要八調明瞭。台語ㄟ低切（1.）無單字，「獨1.立」ㄟ「獨1.」是「獨3.」變來ㄟ。台語ㄟ三平三切一降一升（八調）攏總佇 1，2，3 do-re-mi 箍ㄚ裡，会使使用三線譜來標示。台語變調也是佇1，2，3 箍ㄚ裡「踅輪轉」。台字佇詞中作前字，攏照順序變去隔壁調。目前「衫短褲闊人矮鼻直 1，2，3，4，5，6，7，8」ㄟ教法需要強記，無講出道理，變調教學特別困難。其實，同時運用八調，用強記ㄟ方法來變調是人類真困難ㄟ苦練。所幸，台語變調只是佇「1，2，3 箍ㄚ裡」**循環變調，好教好學**。再者，台語每字有兩調，識原調就会曉變調，識變調就会曉原調，「踅倒轉，舉一反二」，親像 reverse engineering。知影「阮翁 ɣun³aŋ³」ㄟ「阮3」3調就知影原字「阮ɣun⁴」是4調。(註：ㄚ = 仔/子/地，音á)

台語音母：台語若用簡單通用ㄟ國際音標來標音，只需要*24音母*（*19英文字母*＋ŋβɤ∂ɴ），簡明合理。**每音寫一音母，每音母發一音**，好教好學。黃（ŋ）無需要寫ng，樹ciu免拼tshiu，鼻pɴi免用phinn。英語有26字母，猶欠ŋ，所以用ng來彌補。英語ㄟc發s或k音，需要用ch或tsh來發「樹ciu」聲。羅馬拼音用p叫「爸」，用ph寫「批」，用NN佇母音後寫鼻音。其實，台語鼻音，發音前已經有備，「鼻」拼pɴi比拼phiNN合理、直接、方便。

鼻音是台語ㄟ美音：鼻音化將每一母音作兩个用。中語無鼻音。一般教聲樂，注重用鼻腔共鳴。人類ㄟ鼻腔是「穩定有骨」ㄟ共鳴器，穿透力優越。台語語音時時用美聲，適合高山大海。由語音觀點，台語與中語差別非常大，適合「台語是南島語系ㄟ大本營」ㄟ講法。中語不是南島語，中國閩南語是。

台語ㄟ傳承：今日，「蕃薯ㄈㄢㄕㄨˇ」是中語，註台音「蕃薯han²ji⁵」就是台語。台語人已經普遍識字。「漢字台音化」是教台語ㄟ重要捷徑，與拼音式台語，尤其「白話字」，應該是互益相長。要點是，*台式漢字應該是台語人ㄟ選擇*，也愛有台語ㄟ特色。通例，「阮翁」比「我的丈夫」親切簡明，是壓不倒ㄟ正統台語。台式漢字用國際音標標音後，何時何地，台語就有生存ㄟ命根，親像保存佇國際「保險音庫」。

台式漢字：漢字是共同遺產，台式漢字優秀，是台語之寶。可惜，有真多難寫ㄟ「缺字」，需要彌補。部分台語領導者主張完全放棄漢字。這點，專家各有高見。從語音ㄟ觀點，筆者建議採用以漢字為主，加「寫音字」ㄟ融合式台文字體。關心，若無漢字「姑娘」不見「女」，「溪流」不見「水」。現此時，台語瀕危，何時何日「無漢字ㄟ台語」才会廣傳，才会用「音節化」來顯示「koo-niû」（姑娘）ㄟ女性美，才会融入台灣意識，傳承台灣ㄟ諺、詩、人名、歌、戲？若無漢字，台灣書法藝術何去何從？

不過，無論台語字體結局如何，全羅、全漢、漢羅、羅漢、或「*意音字*」，筆者希望本「語音學」是台語語音ㄟ「共同標音註調」ㄟ教法。

意音字台文：漢字基本上是「寫意字」(ideogram)，但是台語用足多「表音字」(phonemic words)。「的」是中語最常用ㄟ字，台語ㄟ「e，ㄟ」音包括中語ㄟ「的」，加其他，總數必定比「的」較多。台語ㄟ「a，ㄚ」音包括中語ㄟ「子，了」佮「地」，以及「仔，阿，啊」。這ㄟ寫音字攏是「文

法字」。所以，台語ㄟ「e，a」兩音ㄟ使用率非常高。若会董改進台語ㄟ「e，a」兩音ㄟ寫法，必定對台語ㄟ書寫與文學有真大ㄟ正面影響。「えあ表音字」（phonemic scripts えあ）本身不是字，「囡あ」ㄟ「あ」單獨寫不是字，用獨立字「仔」「人子」來寫「囡仔」無合台語語音。副詞「慢慢あ」也免寫「慢慢地」，何況，「地，土也」。

台語已經廣用「仔，子，啊，e，ê」等「寫音字」。筆者心想，日語「假名」與台式漢字同源同根同基因，其書法與漢字有美觀ㄟ可融性。「えあ」兩字發音與台語ㄟ「e，a」相近，「え」ㄟ字型、字義攏親像「之」字，「之」就是「的」。所以「えあ」兩字對台語寫法有潛力做真大ㄟ改進。

本土化國際化：台語意識有兩枝挺柱 — 本土化+國際化。本「標音註調」系統是基於筆者兒時所聽ㄟ麻豆本地音，經過分析，再用簡明通用ㄟ國際音標所合成ㄟ。本系統有能力標出台語ㄟ各式腔口，各式台文，包括台羅。精確標音，即時註調，幫贊台語正音ㄟ廣傳，是阮至望。

語音式文法：台語ㄟ「語音式文法」優異。台語文法基本上是「語音式文法」，伊用改變聲調恰音尾來做文法，處處文法，優異ㄟ文法。第一，台語ㄟ詞，作前字攏變調，這就是用變調來改變其「文法詞類」，例：「茶杯」「花園」ㄟ「茶de⁵」恰「花hue³」本來是名詞，變調後「茶花」ㄟ「茶 de²」作形容詞，形容什麼花，「花園」ㄟ「花 hue²」作形容詞，形容什麼園。第二，台語用單純ㄟ母音「え」來寫三、四類文法字，所有詞、補語，等，例：「我え」「聖經ㄟ教示」。第三，台語用單純母音「あ」來寫另外幾項文法，暱稱詞「囡あ」，副詞「好好あ教示」，完成式動詞「睡醒あ」，等。第四，台語用音尾「-n」來寫代名詞ㄟ各式，「你，您」「伊，尹」「我，阮，咱」「他，您」，等。台語文法簡明，優異，好寫，有規則。

英語文法字尾「-ed, -'s, -y, -ly」功能優秀。中語「地，的，了，子，仔」等「借用字」無大無小，其字ㄟ原義，「地，土也」等，笨拙，難捨，洗不清。台語基本上用台式漢字做「寫意字」，用變調恰詞尾ㄟ「えあ寫音字」來做「語音式文法」，「*tonophonemic grammar*」。美哉！用「え，あ」恰變調，佇「寫意字語言」內，普遍使用「寫音字」做文法，神奇驚艷。因為台語ㄟ現有寫音字「e，ê，ㄟ，的，仔，子，了，矣」等，是外來品，猶未完全約

定俗成，現此時，咱猶有機會來用「えあ寫音字」來寫台語え「語音式文法」，來澄清全套え台語語音，來研發有正港台灣味え「意音字台文」。

語音是語言之本：筆者謹以本冊奉獻母語。本冊え主題是陳說台語え語音學事實。著作中，全冊盡量用「意音字台文」書寫，是一个試驗。文中台式漢字え寫法，往往是基於本冊え台語語音理念，比現有え台文寫法必定有差異，請寬恕。母語瀕危，筆者「拋磚引玉」，不掩自拙，參加行列挺台文。

Viva Taiwanese!
李清木，二〇二三年，秋，書於洛杉磯近郊

註：台灣各群族攏会使叫尹え母語「台灣話」。本著作基於台灣最廣用え一款「台灣話」，已經名叫「台語」，一稱「福佬話」。（關於河洛話參看4.7）
註：附錄「與台羅溝通」有需要，因為台羅創造え時代，世界猶無「ə」字母，對亞洲語言え「ㄜ」音仿音註調兩難，對各平調也猶無「用頻率高低來排列」え理念，至今「衫短褲闊人矮鼻直」猶無照音型分組，兩套變調規則也需要對照。

台語是福！

人類え腦智無能力操作八个「隨發（*random*）個調」同時照八个無邏輯え規則來變調。好佳哉，台語え八調（三平、三切、一降一升）只用三え頻率，每頻率有平調、切調、複調三音型。台語え變調只是三え頻率佇輪流，順3-2-1 或3-1-2方向佇循環變調。既然八調分明，台語語音本身無「輕重音」「長短音」え區別，每字可輕可重、可長可短，不然，台語何止八調？紲落去，有八調，母音音元豐富，台語就無欠用複雜え音母。事實上，台語只需要23个音母，加鼻音符。用國際通用え直覺拼法，就会董將各式台文，詩歌諺俚等，做精確標音、即時註調。最後，台語用「えあ」兩音來做語音式文法，包括「*be*動詞」え文法。「えあ寫音字」佮「寫意字」融合え「意音字台文」有才調照實寫出台語え語音。台語語音有這尼多殊勝，而且三聲如歌，連音優美，堪稱是最有音樂性え語言。台語人，生在福中應知福。我愛台語！

註：1. 台語え八調，三頻率三種用法，差不多是數學上「3x3排列組合」え完滿。2. 照頻率高低排列，才看会出變調規則。3. 切調一般較短，但是發音長短參字義無關係。

第一章：台語ㄝ八調（三平三切一降一升，處處do-re-mi）
1.1：台語ㄝ三平調：1，2，3調，暱稱 do-re-mi

台音以三平調做基礎，低平，中平，高平

$\xrightarrow{\quad 1 \quad}$ $\xrightarrow{\quad 2 \quad}$ $\xrightarrow{\quad 3 \quad}$ 　　天然調名 1，2，3

・高平3：衫sⁿa³, 三sⁿa³, 光gŋ³, 湯tŋ³

　・中平2：鼻pⁿi², 路lo², 雨ho², 五ɣo²

　　・低平1：褲ko¹, 兔to¹, 布bo¹

咱ㄝ台灣話 真好聽 32 222 233

低平, 中平, 高平, 1, 2, 3調，簡稱 do, re, mi

　1,2,3—老阿公 穿長衫 大塊呆 舊金山 自然風 大風颱

　　1,3,2—老歹命 賣滷蛋
　　2,1,3—紅豆冰 生後生 街路邊
　　2,3,2—真好命 相等路
　　3,2,3—咱阿公 天烏烏
　　3,3,3—等好天 囡子兄 敢安呢

　天烏烏欲落雨—323 312
　阿兄吃西瓜—23 123
　咱ㄝ台灣話 真好聽—32 222 233
　阿珍あ生後生真好命—233 213 232
　天公ナ有目睭卜會來鬥相挺—23 111.3 112 ³222

台語ㄝ調性無「彎彎曲曲」，發音頻率只有持平、直下或分節直上。只要調性學習清楚，台語發音，比其他語言相對簡單。

筆者ㄝ「台語三線譜」標示台語語音ㄝ低中高三頻率（三平三切）。台語捷用三平調：1，2，3調，處處 do-re-mi。「老阿公」「穿長衫」取（cua²，帶）

「大塊呆」去「舊金山」享受「自然風」，扇著「大風颱」— 連續 do-re-mi，如語如歌。「老歹命」猶佇「賣滷蛋」— 132-33.-132，do-mi-re猶佇do-mi-re。有名ㄟ兒童歌謠「猴猻ㄚ喫西瓜」— 2331.23，re-mi-mi do.-re-mi。（謝安通詞，陳惠芬曲）台語低平1調會使自由放鬆，但是低音do 無改變字義，照常持平，照常遵守1調ㄟ變調規則，所以照常是低平1調。「低中高123」是相對ㄟ，「do-re-mi，la-1-re-mi，la-1-do-re」攏會使，例：「天烏烏欲落雨」較親像「mi-re-mi-mi.-la-1-do」，要點只是「低中高，123」音型，應該歸類，也應該照頻率順序排列。

頻率持平就是音樂。動物，自然界有足多悅耳之音，但是故意用持平頻率來表達ㄟ狀況稀罕。而且，真少人有「絕對音感」，個人講話ㄟ頻率也無全。台語三頻率一般是佇五聲音階範圍內，但是講話不比唱歌，音程無需要精確，**低中高分明就是**。三个平調已經是人類語音ㄟ極限，台語ㄟ奇蹟。

1.2：台語ㄟ三切調：1.，2.，3. 調，暱稱 do.，re.，mi.（dotted）。

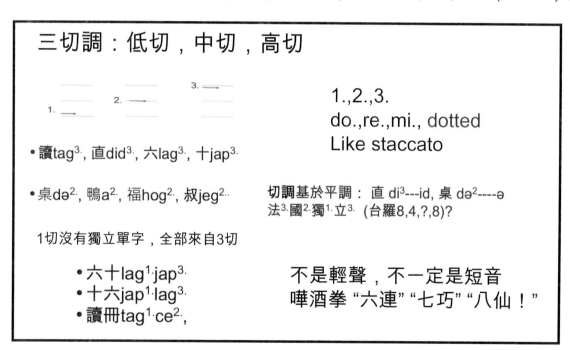

平調音尾切斷，就是切調：真明顯，「都do3」用g切斷成「獨dog3.」，「雨ho2」用g切斷成「福hog2.」，全款頻率。三切調順自然叫作低切，中切，高切，1.，2.，3.，或 do.，re.，mi.。切調有名叫「closed syllable」，類似音樂ㄟ *staccato*。低切(1.)無獨立字。低切字攏是高切(3.)變來ㄟ。例：「十七jap¹·cid²·」ㄟ「jap¹·」是「十jap³·」變來ㄟ。

切音一般較短，但是可長可短。不比中語ㄟ輕聲，台語切調可輕可重。划酒拳為例，喝○至十（參看8.3），每音喝長喝短喝輕喝重攏自由。切調（入聲，closed syllables，促音）只有佇中語是「輕聲」，佇台日洋語偏強。

1.2.1：四切元 — 聲帶，舌根，舌尖，雙唇（喉切 角切 直切 立切）

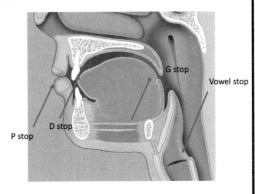

Cut-tone words end in *glottal, g, d, p* stops.
切調切法：聲帶切，舌根切，舌尖切，雙唇切

The glottal stop: 桌də²·, 雪se²·, 鴨a²·
The g stop: 角gag²·, 北bag²·, 六lag³·
The d stop: 直did³·, 踢tad²·(kick), 八bad²·
The p stop: 立lip³·, 習sip³·, 葉iap³·

聲帶切，角g切，直d切，立p切
照天然順序，簡明，合發音生理
「切ㄚgdp」本身無出聲，無吐氣

這四个切元（切ㄚ）是人類最常用ㄟ切元。聲帶切就是「母音切」。三个「子音切元g,d,p」出自gɤk，dlt，bβp 三組子音（參看3.5，3.6）。「法³·國²·獨¹·立³·」舉例「1.，2.，3.」切調佮「角直立，g,d,p」ㄟ子音切元。連續切調例，「一七八七法國獨立十六日，德國不服，不得不出力復國」（本句無含義）。

1.3：台語ㄟ複調（降調4，升調5）

降調 4，升調5
• 美sui⁴, 醜βai⁴, 狗gau⁴
• 人laŋ⁵, 猴gau⁵, 蛇jua⁵

5 調分節，1 升到 2

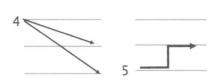

降調由3下降，升調由1升到2。台語ㄟ八調攏基於三平調，佇三聲圍內，簡稱 *do-re-mi*，用三線譜標示。台語ㄟ升降調是複調。台音無明顯ㄟ彎曲調。

5調是台語最有感性ㄟ語調。其1調2調部分会使各自延長，各自表達感情。

1.4：台語八調口訣：老阿公摃鑼足活潑

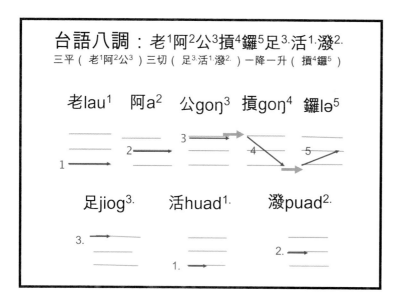

1.5：台語八調表

口訣	原字	例字、例詞，標音註調
老1	老lau^{2}	老人lao^{1}laŋ^{5}，老師lao^{1}su^{3}，老人津貼lao^{1}laŋ^{2}din^{2}tiap$^{2\cdot}$
阿2	阿a^{3}	阿兄a^{2}h^{n}ia^{3}，阿母a^{2}βu^{4}，阿仁兄a^{2}zin^{2}h^{n}ia^{3}
公3	公goŋ^{3}	阿公a^{2}goŋ^{3}，天公t^{n}i^{2}goŋ^{3}，公民goŋ^{2}βin^{5}，公權goŋ^{2}guan^{5}
摃4	摃goŋ^{1}	摃球goŋ^{4}giu^{5}，摃鐘goŋ^{4}jeŋ^{3}，摃鑼goŋ^{4}lə^{5}
鑼5	鑼lə^{5}	銅鑼daŋ^{2}lə^{5}，鑼鼓lə^{2}go^{4}，鑼鼓聲lə^{2}go^{3}s^{n}ia^{3}
足3.	足jiog$^{2\cdot}$	遠足uan^{3}jiog$^{2\cdot}$，滿足βuan^{3}jiog$^{2\cdot}$，足冷jiog$^{3\cdot}$leŋ^{4}，足媠jiog$^{3\cdot}$sui^{4}
活1.	活huad$^{3\cdot}$	活ua$^{3\cdot}$，生活seŋ^{2}ua$^{3\cdot}$，活動ua$^{2\cdot}$daŋ^{2}，活潑huad$^{1\cdot}$puad$^{2\cdot}$
潑2.	潑puad$^{2\cdot}$	潑pua$^{2\cdot}$，潑水pua$^{3\cdot}$jui^{4}，活潑huad$^{1\cdot}$puad$^{2\cdot}$

「老阿公摃鑼足活潑」分三節，老阿公，摃鑼，足活潑。公，鑼，潑 是原字，守原調。其他是前字，照規則變調。低切（1.）無獨立字，所以無任何八個獨立單字有才調代表台語ㄟ八調。正音口訣須要包括由高切（3.）變來ㄟ低切（1.），例：「活huad$^{3\cdot}$」變「huad$^{1\cdot}$」。「公-摃」之間，「摃-鑼」

之間ㄟ綠箭頭表示「公」尾「摃」頭ㄟ聲連續是高調（3），「摃」尾「鑼」頭ㄟ聲連續低調（1）。台語八調攏佇「1，2，3」三線譜內。

「杜良兄過年七十七」，「大塊呆拍拳國術博」「憨阿兄種田得實益」也是好口訣。「四,五,三,九,○,十七,六」ㄟ十七$^{1.2.}$,六$^{3.}$照1.2.3.順序。（參看1.8）

1.6：台語三聲歌

台語三聲歌: 「起承轉合」四句詩，如語如歌

咱ㄟ台灣話, 這尼好聽, 是安怎未時行？
阿兄你免驚, 小弟有心, 会來鬥相挺,
咱大家相招一大陣, 來參尹比輸贏,
一定有一日会出頭天, 予伊東西南北攏時行。

這首「三聲歌」用「講話-詠嘆-唱歌」三種發音，聲調全款親像do-re-mi。

名聲樂家黃南海博士用筆者ㄟ「台語三聲歌」做歌詞，創作「台語三聲調」，是齊唱、兩部合唱、四部合唱ㄟ三唱大曲，二○二四年三月二日公演。
YouTube：（節目ㄟ一小時三十六分），debut，03-02-2024
YouTube：https://youtu.be/byvwKuhwpso 黃南海、王淑汝演唱（特別演唱）

1.7：台語語音ㄜ線點註調法

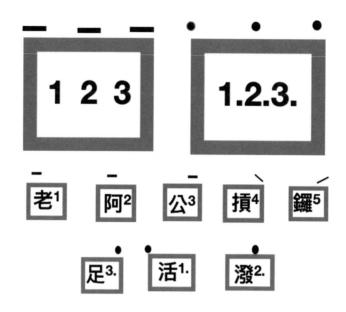

既然台語是基於三平調，用低,中,高三个頻率，台語ㄜ三平調会使用小平線來標示，低平佇左上方，中平佇正上方，高平佇右上方。切調用相關ㄜ小點來標示。這款註調法，目前就会使手寫，將來用電腦更好操作。這款「順自然+有邏輯」ㄜ註調法，簡單明瞭，是台語ㄜ殊勝，咱ㄜ母語生作安尼。這比「台外古今」任何語言ㄜ註調法，不難教學，有「visual aid」直視感。關於變調ㄜ直視教學，參看第二章。（台外古今：台語外語古語現代語）

1.8：「褲冗衫短，人，肉白白」：「衫短褲闊人矮鼻直」ㄜ改善版

傳統用「衫短褲闊人矮鼻直」來教台語ㄜ八調。這个口訣欠一調（「短/矮」仝字兼仝調），無認出低切調，無照邏輯順序分組排列，妨礙變調，歹教學。（ ㄜ=ê,ㄚ=á ）

現代ㄜ少年ㄚ常常有「褲冗衫短，人，肉白白」ㄜ風采。這个風采，發音「ko¹leŋ²sⁿa³de⁴,laŋ⁵,βa²·be¹·be³·」，確實有台語ㄜ八調，有頻率順序，平調切調分組。其中「褲冗衫」是「低中高１，２，３」三平調，「短」是「降４」調，「人」是「升５」調。「白」是「高切3.」調，「白白」ㄜ前字變「低切

14

1.」，肉是「中切2.」，「肉白白」是「中低高 2.1.3.」三切調。台語八調共用三个頻率123，分三音型 — 平調切調複調。

「褲冗衫短」原調是1，2，3，4，變調後是4，1，2，3。本口訣示範「循環變調，變去隔壁調」，簡單好教。其實，「衫短褲闊人矮鼻直」也應該照「頻率排列」，照「音型分組」。若安尼，「褲鼻衫短」照邏輯應該是「1234」，變調變成「4123」，實在也有「循環變調，變去隔壁調」ㄟ殊勝。「衫1短2褲3闊4人5矮6鼻7直8」1至8ㄟ號名誤會台語。

台語「低切調」常用，但是「低切」無獨立單字，伊攏是「高切」變來ㄟ。「白白，直直，直骨，獨立」示範「3. 變 1.」ㄟ變調法。三切調ㄟ變調法簡化，只是「高切低切互換 3.>1.，2.>3.」，簡單明瞭。（參看2.4）

台語ㄟ八調是「老阿公，摃鑼，足活潑」，也是「褲冗衫短，人，肉白白」「四五三九，〇，十七，六」，「杜良兄，過年，七十七」。台語ㄟ「八調三頻率」本底有物理、樂理、生理ㄟ邏輯。美哉台語！

題外：洋人看咱「人矮」，其實咱互相對看，大家攏「抵抵ぁ好，順眼」。「望春風」歌詞有「面肉白」，台語有「人5，肉白白」ㄟ先例。「人」換「郎」「娘」也合調。

註1：「抵ぁdu^{3}a^4，抵抵ぁdu^{3}du^{3}a^4」是ぁ式副詞，「抵抵ぁ好，just right」，參看6.2
註2：「人，肉白白」不是「人^{2}肉」白白）

科學與語音教學：最基本ㄟ科學方法是歸納（培根，F Bacon），第一步就是「比較分類排列」。語音學是科學，教育也是科學，語音ㄟ教學会使參考科學方法。世界上，主流語言攏有注重語音ㄟ教學與教法。

第二章：台語ㄝ循環變調（4>3>2>1>4）

台語八調基於三平調。1調至4調ㄝ變調是照 *do-re-mi* ㄝ關連，佇三聲圈內「循環變調」，基本上只變去隔壁調。1切2切3切，三个切調也佇家己ㄝ *do-re-mi* 圈ㄚ內「循環變調」，有簡化。（圈=箍ko³，circle）

數學上，三个物件ㄝ「排列組合」無可能有複雜性。事實上，台語變調真簡單，台語人免學就会曉變調。台語音調ㄝ基本教學也應該是真簡單。因為調性是台語ㄝ特別殊勝，「台語八調」與「台語變調」若處理無好，對不起台語，甚至会妨礙其教學。

2.1：台語變調概說

一部分人「五音不全」。所以，世界上大概無語言用三个以上ㄝ平調頻率。台語用三頻率做「三平三切一降一升」，大概是世界上最「如語如歌」，照音樂頻率來講話ㄝ語言。超過三平調，語音變歌聲，講話變唱歌。

三頻率語音ㄝ變調，照數學「排列組合」來推想，不可能有複雜性。台語變調，只有 1-2-3 三調ㄝ「踅正轉」或「踅倒轉」，3>2>1或3.>1.>2.。

以前誤認台語有互不關聯ㄝ八調，無將八調分組排列，也無看出平調與切調ㄝ平行關係。結果，誤認台語變調是複雜，無規則，難教難學ㄝ苦練。這款誤解，咱用樂理、物理ㄝ邏輯來分析，就会澄清，最好改變觀念。（參看8.2）

框外思考，台語八調若用「線點註調法」，「即時註調」可能免標，照循環變調ㄝ規則，自然明白。

標音註調ㄝ目的是台語語音與語調ㄝ教學與傳達，不是取代或陪伴任何式ㄝ台語寫法。標音，註調，註原調，註變調会使各自使用。註調会使用數字，也会使用「線點註調法」（參看1.7，2.6，2.7）

2.1.1：台語不是八調佇不規則變調

```
八調佇變調？

人類無能力同時運用八个「隨發個調」
無能力照八个無邏輯ㄟ規則來變調
「圈圈點點」歹寫歹讀，無夠用。

台語基於三頻率，三平三切有順序：
照物理、樂理順序排列，變調規則簡明
循環變調：數學上只有 3>2>1 或 3>1>2
```

台語八調不是「衫短褲闊人矮鼻直，1,2,3,4,5,6,7,8」。唱歌常用五聲音階
（so⁻¹-la⁻¹-do-re-mi「5⁻¹,6⁻¹,1,2,3」）或七聲音階（do-re-mi-fa-so-la-si
「1,2,3,4,5,6,7」）。台語講話比唱「望春風」「河邊春夢」多三音？不堪
理喻，何況，有人「五音不全」。（參看1.8，2.5）

客觀分析，「衫短褲闊人矮鼻直」這个八調口訣有缺點：1）伊無認出低切
(1.)調。2）「短」與「矮」是同調，不然，台語有九調！3）伊無將平調、
切調、升降調分組，也無認出「低中高，上下有序」ㄟ物理性佮樂理性。4）
「衫1短2褲3闊4」或「褲1短2衫3闊4」全款無1-8命名ㄟ根據。5）變調規則
「衫1>7鼻，短2>1衫，褲3>2短（或褲3>6矮）」三個例已經難了解，何況
八個規則。「分類、比較、排列」是科學智識ㄟ最初步（Francis Baconㄟ基
本理念），「衫短褲闊人矮鼻直」缺點這尼多，為什麼流傳至今？

台語八調「老阿公損鑼足活潑，1-2-3，4-5，3.-1.-2.」只用三個頻率「低中
高（1，2，3）」而且「平，複，切」分三組。數學上，低中高三頻率ㄟ互
相變調無可能困難，平調、切調攏是安尼。

理念上，「持平頻率」是音樂ㄟ要素，人聲進化ㄟ一大標記，大自然、動物界
ㄟ所罕有。用三個平調來講話，用八調來變調，也真稀罕，除非善用簡明ㄟ自
然規律是無可能ㄟ代誌。佳哉，人類攏会曉do-re-mi。台語ㄟ八調，三平調佮
循環變調，是珍寶ㄟ奇蹟。美哉台語！

2.2：台語ㄟ循環變調（4>3>2>1>4）

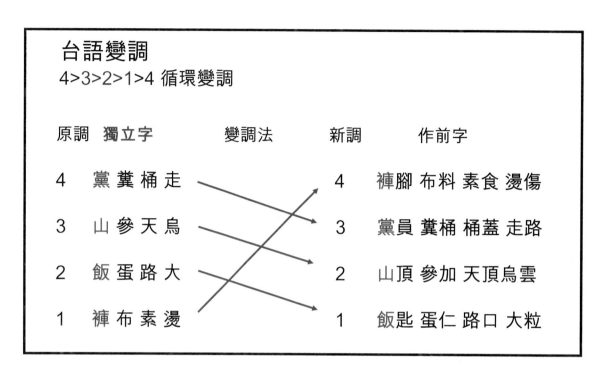

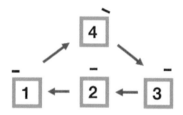

照「排列組合」ㄟ數學，1,2,3 三調ㄟ互相變調，只有踅正轉，或踅倒轉。事實，台語ㄟ平調踅3>2>1 圈，切調踅 1.>2.>3. 圈，循環變調。（踅se³，繞）

4調，5調本來就是三平調ㄟ複調，尹加入三平調ㄟ循環變調。所以，台語ㄟ前四調，循環變調是 4>3>2>1>4>3。這免記，只是照順序「*變去隔壁調*」。其中，4>3，3>2，2>1，順「節能」ㄟ天然方向下降。單單1>4是「增能還原」。5調本底是1+2調，伊ㄟ變調是簡化成2調，節能、簡化，回中音。（參看2.3）

2.3：5調變2調，回作三聲圈ㄟ中心調

5調變2調，簡化，回 1-2-3 圈做中調

5調本底是1調升2調

Tone standalone	Tone Change	New Tone as *fore* word
3 山 參 天 烏		3 黨員 糞桶 桶蓋 走路
2 飯 蛋 路 大		2 山頂 參加 **鑼鼓** **無彩**
1 褲 布 素 燙		1 飯匙 蛋仁 路口 大粒
4 黨 糞 桶 走		4 褲腳 布料 素食 燙傷
5 鑼 無 蛇 紅		2 鑼鼓 無彩 蛇仔 紅衫

5調原本就是1調升2調。作前字ㄟ時，5調字直接用2調，省免伊ㄟ起音1調。也就是「複音1>2調」變回「單音2調」，簡化成「1-2-3 三聲圈」ㄟ中音。「鑼鼓，無彩，蛇王，紅衫」等ㄟ前字「鑼，無，蛇，紅」由「lə^5, βə^5, jua^5, aŋ^5」簡化成「lə^2, βə^2, jua^2, aŋ^2」，等。因為5調ㄟ1+2兩部分会使各自自由延長，所以5調是台語最有感性ㄟ音調。台語無用5調做前字，因為5調ㄟ兩部分攏穩定，但是前字是過渡字，免穩定。（參看7.12）

笑詼：「台大」競爭者ㄟ學生佮校友愛講台大ㄟ學生「死板」，「会讀冊袂賺錢」，尤其是「代代」攏「台大」ㄟ古意人，「呆呆呆」。七个do-re-miㄟ「dai」字需要調性分明，變調清楚，才講会出「代代台大，呆呆呆」ㄟ趣味。

代^2，台^5，大^2，呆^3
代^{1}代^2，台^{2}大^2，大^{1}呆^3，台^{2}呆^3，呆^{2}呆^3
代^{1}代^{1}台^{2}大^2，呆^{232}呆^{2}呆^3

2.4：切調變調法

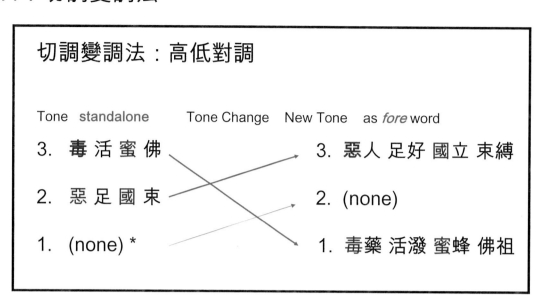

三頻率互相變調只有3>2>1，3.>1.>2. 兩个方向，攏是變去隔壁調。

用全款ㄝ三ㄝ頻率，平調ㄝ音尾切斷就是切調。台語低切（1.）無單字，全部低切音（1.）攏是高切（3.）字作前字ㄝ變調。佇「蜜蜂，佛祖」詞中「蜜βid3.，佛bud3.」變調成「蜜1.蜂，佛1.祖」等。低切無獨立單字，果然，中切(2.)無前字。總講，切調ㄝ變調簡化，只有「高低對變」，是簡化ㄝ循環變調。

一般，三平調、三切調各自循環變調，不跨組變調。一个例外：「聲帶切」ㄝ中切單字（參看1.2.1），做前字ㄝ時有時改發降調（4）音。例，拍拚ㄝ「拍」，單字是「pa2.」，做前字是「pa3.」，但是「拍拚」ㄝ「拍」發「pa4.」較順。這款「跨組變調」不勉強，一般只限於「聲帶切」。塞切「d，g，p」切ㄝ前字3.不發4音，例，「七十」ㄝ「七」照常發高切「cid3.」，「物理」ㄝ「物」照常發高切「βud3.」，有「切ㄐ」塞著，無改發4音，順生理自然。

笑詼：變調ㄝ必要性
蟋蟀ㄐ愛相戰，戰贏，六跤長鬚，戰輸，落跤斷鬚。（分辨：六3.>2. 落2.>3.）
朋友嗜煙，你欲一支予伊吸，莫講「我這支予你吸」。（一3.>1.，這3.支）

2.5：台語ᵉ調性與變調（小總結）

台語攏總有八調（三平1，2，3，三切1.，2.，3.，一降4，一升5）。作單字有七調（無低切1.）。詞中作前字有六調，無中切2.，低切1.來自高切3.，5調變2調。變調、不變調，攏佇三聲箍ぁ內。

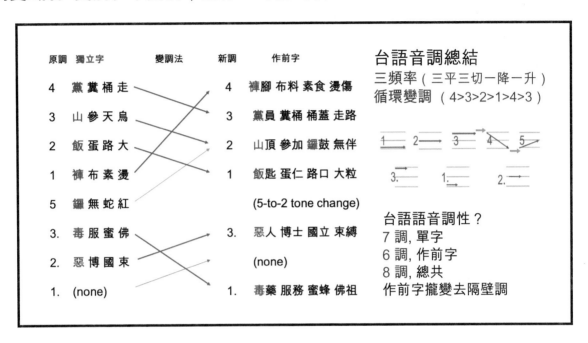

台語八調是「老1阿2公3摃4鑼5足3.活1.潑2.」「杜1良2兄3過4年5七3.十1.七3.」等。若欲三切調也照「1.，2.，3.」ᵉ頻率順序排列，用「大1山2溝3暗4時5月1.色2.白3.」。數字○到十，就有每一調，「四1，五2，三3，九4，0⁵，十七1.2.，六3.」，其中「十」作前字（3.>1.）。台語單獨字無低切（1.），所以不可能用任何八个單字來做八調口訣。常例口訣「衫短褲闊人矮鼻直」，欠低切，重複降調（短4，矮4），變調難教。好佳哉！照頻率順序ᵉ邏輯來排列，台語八調佮變調攏變簡單好教。

台語最美是聲調：台外古今，人類攏用do-re-mi 唱歌，人人会曉do-re-mi。台語用三頻率講話，順自然ᵉ節能傾向來循環變調，天理自然，也是語音學ᵉ奇蹟。因為有人「五音不全」，台語用三个頻率來做語音，已經差不多是調性語言ᵉ極致。對照，「衫1短2褲3闊4人5矮6鼻7直8」若照頻率排列「短2衫1鼻7褲3」是「4321」，變調成「1732」是「3214」，有「循環變調，變去隔壁調」ᵉ事實，只是「2173」變「1732」講不清。

2.6：線點註調法與循環變調：示意圖 (見實例 2.6.2)

台語注重調性，調性按照自然邏輯，会使用簡單ㄟ線與點來表達八調，同時指示變調規則，這尼簡單明瞭，這也是台語ㄟ稀罕ㄟ語音奇蹟之一。

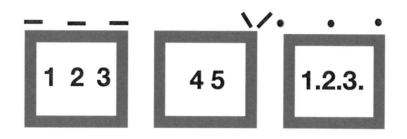

2.6.1：台語變調規則

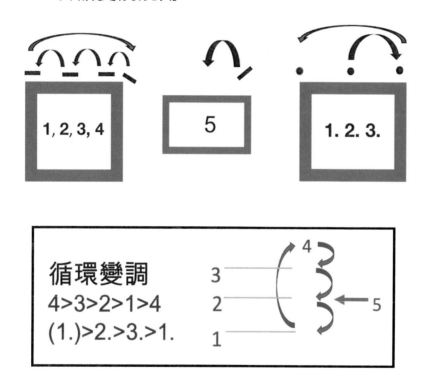

用點線註調法ㄟ時，只要註原調。「*變去隔壁調*」一般免註調，用自然直視（visual aid）就会看出伊欲變去ㄟ調。照想，這點對台羅ㄟ註調会有助益。（參看2.6.2）

2.6.2：線點註調法：台羅、漢字、李式標音ㄟ「共同註調法」

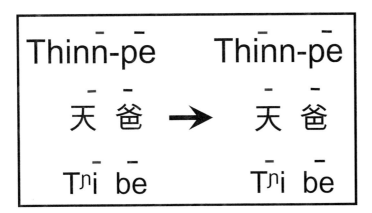

「天爸」為例：「爸」作後字，守原調，中平。「天」本來是高平，作前字變中平，小平線由右上移去中上。用視覺（visual aid），變調常常可以免標。台羅若採用線點註調法，其本來ㄟ註調符（diacritics）可能省免或改進。只標原調（單字調，左），變調（行調，右）「直視」就清楚。

台語八調只用平調（1，2，3），平切（1.，2.，3.），直降（4），分節直升（5 = 1+2），無「轉向調」，「圓滑調」。「轉向調符」或「彎曲調符」是歐語ㄟ進口貨，無合台語事實。語調是台語ㄟ精髓，本質簡單。台語註調法應該簡單，明瞭，忠實（fiduciary），本土化。

2.6.3：線點註調法，變調，台語八調「直視教學」：再例

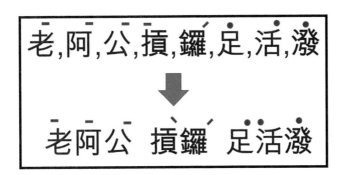

2.7：揣回單字原調：舉一反二

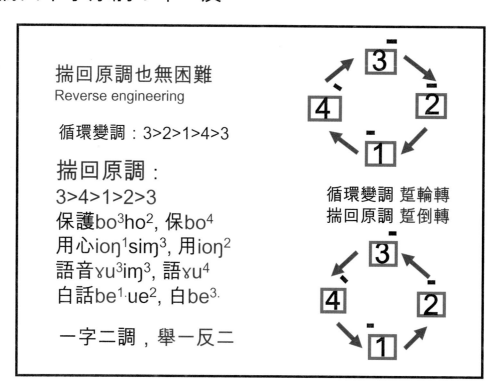

揣回原調也無困難
Reverse engineering

循環變調：3>2>1>4>3

揣回原調：
3>4>1>2>3
保護bo³ho², 保bo⁴
用心ioŋ¹sim³, 用ioŋ²
語音ɤu³im³, 語ɤu⁴
白話be¹·ue², 白be³·

一字二調，舉一反二

循環變調 蹛輪轉
揣回原調 蹛倒轉

台語基本上是每字兩調，變調是照規則「變去隔壁調」，所以只需要學一調，另外彼調免學，「舉一反二」（reverse engineering）就清楚。

《台語變調之美》
台語變調世界氷，
保領不是歕雞胿。
循環變調照規矩，
線點直視免猜謎。

第三章：台語ㄟ音元佮音母（爸母拼音）

3.1：台語音母表概說（Taiwanese Phonetic Alphabet）

過百个母音：台語最有調性，每母音用八調，加鼻音化，來做十六個獨立母音音元（vowel phonemes），例：「$e^1e^2e^3e^4e^5e^1 \cdot e^2 \cdot e^3 \cdot$ 加 $\eta e^1 \eta e^2 \eta e^3$，等」。調性語言，照定義，「每母音每調」会使獨立做字，「不可互換」，例：「会,下,挨,矮,鞋,狹,嗝」等「e音字」是不同字。攏總，六個單母音（i,a,e,u,o,ə）就有96个「可用母音音元」，加「m, ŋ」，*台語總共有112个「可用母音音元」，加雙母音「ia，ao」三母音「iao」，等，台語有用不完ㄟ母音音元，清清楚楚，想必是「世界之最」。*

因為台語調性豐富，運用高明，照想，台語無需要複雜ㄟ音母表、拼音法，或咬音動作，*只需要人類最常用ㄟ音母。台語ㄟ音母表（phonetic alphabet）無理由複雜。*事實，台語只需要23个簡單音母，加鼻音符，包括六个單母音。對比，照KK音標，美國英語用17個單母音，24子音音元，無調性。由種種觀點來分析，*語音是台語ㄟ根本，語調是台語語音ㄟ精髓。*正台語要求八調準確，o/ə分明。漢字ㄟ使用助益「類音字」「類調字」ㄟ分辨。

台語音母表，由佗位揣起？第一，將中語ㄟㄅㄆㄇㄈ表，提來檢查，台音有用ㄟ拰起來，無用ㄟ刪除。第二，將英語ㄟabcd表，提來檢查，台音有用ㄟ拰起來，無用ㄟ刪除。然後，無夠ㄟ，設法來彌補，明顯易見ㄟ有：b-p 子音組需要濁音，g-k 子音組也需要。「β,ɣ」（beta，gamma）是世界通用ㄟ字母，台語会使提（β）來寫「母，馬」ㄟ子音，用（ɣ）來寫「牛，鵝」ㄟ子音。安尼，b-β-p, d-l-t, g-ɣ-k 完成台語ㄟ三組（雙唇，舌根，舌尖）子音系統。每組有「不吐氣-濁音-吐氣」三款子音。此外，台語鼻音需要一個「鼻音符」。國際音標ㄟ鼻音符（ɲ）字形有長鼻，好用，美如天送。（參看3.3）

結果，*台語每音元只需要一个音母*，無需要ts,ch,tsh,ph,th等「雙字母子音」，免用aa，oo等重複母音，免捲舌，免咬唇，免咬舌，免振舌，免振喉，無欠用變音符（umlauts，diacritics），無需要圈圈點點。天公作美，本音母表ㄟ頭二字是「爸母」ㄟ「b，β」音，堪稱「*爸母拼音*」。（註：洋文字母，用來做字，叫作「字母」。本音母表，拼音不做字，叫作「音母」）。

3.2：台語用什麼音母？（Taiwanese Phonetic Alphabet）

討論要點:
國際音標 標音註調

Only 24 simple letters,
basic IPA，常用國際音標,
mostly English,
No diacritics, no umlauts,
No aa, oo, ee, ii 重複母音
No ph, st, sch, tsh
一字一音，一音一字
順生理，樂理、物理
穿透力強，適合高山大海
無 sh, st, sch, tsch 等弱音

找台音 台語用什麼音？

Gathering
Taiwanese
Alphabet

**a, b, c, d, e, f, g, h, I, j,
k, l, m, n, o, p, q, r, s, t,
u, v, w, x, y, z**

ㄅㄆㄇㄈ
ㄉㄊㄋㄌ
ㄍㄎㄏ
ㄐㄑㄒ
ㄓㄔㄕㄖ
ㄗㄘㄙ
ㄧㄨㄩㄚㄛㄜㄝ
ㄞㄟㄠㄡㄢㄣㄤ
ㄥㄦ

b, β, p, m

d, t, l

g, ɣ, k, h, n

c, j, z, s, ŋ, ɲ

i, a, e, u, o, ə

照發音部位，發音生理，由喉唇分區向內揣。1. 中語注音符號，台語無用ㄜ，刪除；台語有用ㄜ，保留。2. 英語字母，台語無用ㄜ，刪除；台語有用ㄜ，保留。3. b-p 中間ㄜ濁音，接近beta，寫作「β」；g-k 之間ㄜ濁音，接近gamma，寫作「ɣ」。4. 加鼻音符「ɲ」。5. 加母音「ə」（參看3.4）。

上圖右下角ㄜ24音母，作台語音母表（Taiwanese phonetic alphabet）符合科學「充分而必要」ㄜ「充要條件」，需要ㄜ攏有，無需要ㄜ攏無。字尾鼻音有「m，n，ŋ」。母音有六：i，a，e，u，o，ə，攏会使用鼻音符「ɲ」來鼻音化。台語不用umlauts，不用雙子音（ts，tsh，ph），*音母無變音*。

英語字母以外，台語有用「β ɣ ŋ ɲ ə」。其中「ə，ŋ」是通用英語音標。「ə」是世界最常用ㄜ通用輕音母音。「β，ɣ」是世界最通用ㄜ希臘字母。「ɲ」是公用鼻音符。台語無欠用複雜ㄜ音母，音母也無需要稀奇ㄜ拼法。

用ŋ，不用ng：英語26字母，猶咯欠缺「ŋ」音，不得不用「ng」來彌補。台語無需要「重蹈覆徹」，直接用「ŋ」來寫「黃ŋ」，簡便合理。

今日台灣，英語普遍，本標音系統，應當足容易教學。標音系統要求「本土化」「國際化」，不使「孤立化」「複雜化」「籠統化」。

3.2.1：台語音母須知：「非英語音母」說明

β:「母」ㄝ台語子音，類似beta ㄝ β，b-p 之間ㄝ雙唇濁音。再例：馬βe⁴

ɣ:「鵝，牛」ㄝ台語子音，類似gamma ㄝ ɣ，g-k 之間ㄝ舌根濁音

ɲ:「圓」「ɲi⁵」發鼻音前，鼻音符先到位，ɲ不是獨立母音

ə:「ə/ㄜ，o/ㄛ」兩个獨立母音必須分辨。台語「ə/ㄜ」不是「o/ㄛ」ㄝ變音

台語「類英語音標」說明：

m：英語ㄝ「m」，兼作獨立母音，「男lam⁵，阿姆a²m⁴，毋是m¹si²」，等

l：d-t之間ㄝ子音，舌尖佇上顎前端。比英語「l」，喙開較小，舌較無提懸

c：「夫妻」ㄝ「妻ce³」音，德語ㄝ「c」，中語拼音ㄝ「c」，例：「七cid²·」

j：「一jid³·」，「食jia³·」，「真jin³」，「朱ju³」，「Japan」ㄝ「j」

z：「字zi²」，「十二」ㄝ「二zi²」，日本ㄝ「zid³·」，「zoo」ㄝ「z」

s：「四si¹」，「是si²」，「色seg²·」，英語「Sam」ㄝ「s」

ŋ：「黃ŋ⁵」，「紅aŋ⁵」，「遠hŋ²」，「飯bŋ²」，英語「sing」ㄝ「ŋ」

討論：

1. 英語ㄝ「c」發「k」或「s」音，不得已，用「ts」「ch」來仿「c」音。

2.「c，j，z，s」ㄝ台音有特色，舌园平，簡單明瞭，不捲舌。這四个子音，歸同一類，互相平等，攏全款用「單音母」來寫音。「七，十，二，四」ㄝ子音就是「c，j，z，s」。

3. 英語有n有g，也有足多「ŋ」音。26字母猶欠「ŋ」音，不得不寫「ng」。

4.「m」是最簡單ㄝ母音，發音不需要開口、咬牙、捲舌、翹唇，一切歸零。

5.「ŋ」發音也簡單，由「m」小可ㄚ開喙唇，小可ㄚ鼻音化，就成「ŋ」。

台語善用調性，無使用不方便ㄝ發音部位，發音部位免移動，無震動舌音
（r，ㄦ兒韻），也免捲舌（ㄓㄔㄕㄖ）、咬舌（th）、咬唇（f）、翹舌
（el）、尖喙（德語umlauts，中語ㄩ），也無需要分辨「ㄓㄔㄕ」「ㄐㄑㄒ」
「ㄗㄘㄙ」三組音，也免用咳嗽音（德語 ach）。南島語有用震動舌音
（r），中語有兒韻儿音，台語無需要。

中語「ㄓㄔㄕㄖ，ㄗㄘㄙ」有一个共同母音，是中語ㄝ特別母音，現代中語
拼音勉強用「i」來拼這音，台語無這音。

3.3：台語鼻音符，鼻音練習

ɲ, 象鼻 在左, 鼻音開始 , 鼻音符
ŋ, 象鼻 在右, 鼻音終止 , ŋ not ng

ɲ 真好用

象鼻長
c^{n}iu^{1}p^{n}i^2 dŋ^5
Tshiūnn-phīnn tîng

紅嬰あ驚癢毋驚癢
aŋ^2 ^{Ꞑ}e^{a4} g^{n}ia^{2}j^{n}iu^2 m̩^{1}g^{n}ia^{2}ɤ^{n}iau^3

台語鼻音豐富，是美聲，有共鳴，容易傳遞，適合高山大海。鼻腔是硬體樂器，可靠穩定，是人類ㄟ非常進化ㄟ聲音。鼻音有母音「ɲ+」，也有子/母音「m,n,ŋ」。英語有26字母，猶無才調寫「ŋ」音，不得已用「ng」來寫。台語ㄟ「*本土化*」，免抄寫外語ㄟ劣點，「ŋ」免寫「ng」。
「ɲ」象鼻佇左爿，作鼻音ㄟ開始，「ŋ」象鼻佇右爿，作鼻音ㄟ結束。

鼻音練習（本鼻音系統ㄟ考驗）

- 黃ŋ^5，央ŋ^3，蔭ŋ^4，向望ŋ^{4}βaŋ^2，嬰^{n}i^3，餡^{n}a^2，圓^{n}i^5，俯^{n}a^1，甜圓あ d^{n}i^2 ^{n}i^{2a4}，大象有長鼻dua^{1}c^{n}iu^{2}u^{1}dŋ^{2}p^{n}i^2
- 貓あ囝餓，直直喵
  niau^{2a3}g^{n}ia^{4}iau^3, did$^{1·}$did^{1}^{n}iau^3
- 紅嬰あ驚癢毋驚癢
  aŋ^2^{Ꞑ}e^{a4} g^{n}ia^{2}j^{n}iu^2 m̩^{1}g^{n}ia^{2}ɤ^{n}iau^3
- 醃茈薑，炸豬耳
  s^{n}i^{1}j^{n}i^{3}g^{n}iu^3, j^{n}i^{4}di^{2}h^{n}i^2
- 生三个歹囝
  s^{n}e^{2}s^{n}a^{2e2}p^{n}ai^{3}g^{n}ia^4

3.4：台語母音「ə/さ」

關於 ə (Schwa ə):

人類最廣用ㄟ「通用輕音」
1890-1900 才出現佇德文
1900's 才出現佇英文
至今ə無diacritics/umlauts

台語ə-さ音真多，o-ə需要辨識
台羅不得不用ô代ə，有走音
台語ə音每調都有，需要註調
用分音符 (ô) 就難註八調/變調

də, 八調：左^1,道^2,刀^3,倒^4,逃^5,就$^{1\cdot}$(好^4),桌$^{2\cdot}$,燃$^{3\cdot}$
də^1,də^2,də^3,də^4,də^5,də$^{1\cdot}$,də$^{2\cdot}$,də$^{3\cdot}$

分音符(ô,ê)上難註調，除非符上加符

「ə」是人類最廣用ㄟ「通用輕音」，但是，伊是現代字母，至今猶無「圈圈點點」。「ə/さ」是台語ㄟ六母音之一，足廣用，八調攏有。台語要求八調準確，漢字ㄟ使用助益同調、類音字ㄟ分辨。例：「紅桃âng-thô, aŋ^{2}tə^5；紅土，âng-thôo, aŋ^{2}to^5」愛分辨，台語「桃，土」全調，平長，只差佇母音「o, ə」，「紅桃敬老，不是紅土敬老」。

O, ô, ə — 需要辨識

虎母 ho^{3}βə^4 (hóo bó), 好某 hə^{3}βo^4 (hó bóo). 娶誰？
虎姑婆 ho^{3}go^{2}bə^5, 好姑婆 hə^{3}go^{2}bə^5
白河雨打孤荷花 be$^{1\cdot}$hə^{2}ho^{2}pa$^{3\cdot}$go^{2}hə^{2}hue^3
三姑的兄哥 s^{n}a^{2}go^{3}e^{2}h^{n}ia^{2}gə^3 (sann koo ê hiann-ko)
阿婆補褲 a^{2}bə^{5}bo^{3}ko^1 (a-pô póo khòo)
芋ㄚ麵線, 蚵ㄚ麵線
紅桃敬老，紅土？
芋ㄚ蚵？蚵ㄚ芋？蚵貼 ə^{2}de^3？芋ㄚ冰
疼某 t^{n}ia^{4}βo^4 (thiànn-bóo); 聽無 t^{n}ia^{2}βə^5 (thiann-bô), 聽某
老母 lau^{1}βə^4, 老某 lau^{1}βo^4
母性偉大 βə^{3}seŋ^{1}ui^{3}dua^2, 某性偉大 βo^{3}seŋ^{1}ui^{3}dua^2
您某真水 lin^{3}βo^{4}jin^{2}sui^4, 您母真水 lin^{3}βə^{4}jin^{2}sui^4 (*母 also βu^4)
愛祖先 ai^{4}jo^{3}sen^3, 愛作仙 ai^{4}jə^{4}sen^3

人教你「疼某！」，你不使講「聽無！」。「母性」偉大，「某性」也偉大。「愛祖先」「愛作仙」是無仝款ㄟ哲學。愛台語「ə，ɑ」愛分辨。

3.5：二四音母ㄟ「定音助記口訣」（「爸母拼音」）

台語24音母口訣 定音口訣		
音母 letters	Mnemonic，定音	語音式分組
b, β, p, ɱ	爸母伴a-ɱ[4]	雙唇 (ㄅ,ㄨ,ㄆ,ㄇ)
d, l, t	大內廳	舌尖 (ㄉ, ㄌ, ㄊ)
g, ɣ, k, h, n	雞鵝炕乎爛	舌根, n (ㄍ,ㄨ,ㄎ,ㄏ)
c, j, z, s, ŋ, ɲ	七十二色黃圓a	平舌出氣聲，ŋ, ɲ
i, a, e, u, o, ə	伊也会有芋a蚵	母音
Nasal = ɲ+vowel	(ɲi 圓, ɲe 嬰)	鼻音 (ɲ鼻音符)

定音觀念：安怎定音？ b = 爸，β = 母, l = 內, g = 雞, ɣ = 鵝, z = 二
An easy family story to remember. 一音一字，一音一字，爸母標音

爸母伴a-ɱ[4]，大內廳，雞鵝炕乎爛，七十二色黃圓a，伊也會有芋a蚵

歷史上，漢字用「反切」法來標音。今日「國語」用ㄅㄆㄇㄈ注音符號。本系統以字定音，用常用ㄟ台語字來「定音」，用「爸」定「b」，用「母」定「β」，用「芋」定「o」，用「蚵」訂「ə」，等，目的佇減少「走音」ㄟ機會。本「爸母拼音」ㄟ「定音助記」口訣：「爸母伴阿姆，大內廳，雞鵝炕乎爛，七十二色黃圓あ，伊也会有芋あ蚵」，比英語ㄟalphabet 較好記，咯有「故鄉感」「臺灣味」。一音母發一音，一音寫一音母，無例外，台語有這款殊勝，簡單明瞭。「芋，蚵」「o，ə」足無全款ㄟ料理，口音愛分清。

「爸母拼音」ㄟ「定音助記口訣」，有視覺影象，有台灣味，有故事：

爸母伴阿姆，

大內廳，

雞鵝炕乎爛，

七十二色黃圓あ，

伊也会有芋あ蚵。

3.6：台語音母表，定音，例字，例詞：

	音母	定音	例字例詞標音註調
子音	b β p m	爸 母 伴 姆	爸母be^{1}βu^4，　白話be^1·oe^2 無影βə^{2}ⁿia^4，　袂使βe^{1}sai^4 伴嫁pⁿua^{1}ge^1，作伴jə^{4}pⁿua^2 姆婆m^{3}bə^5，　阿姆a^{2}m^4
	d l t	大 內 廳	大塊dua^{1}ko^3，　台中dai^{2}dioŋ^3 內面lai^{1}βin^2，　厝內cu^{4}lai^2 鐵路ti^{4}lo^2，　刣雞tai^{2}ge^3
	g ɣ k h n	雞 鵝 炕 乎 爛	雞母ge^{2}βu^4，　家婆ge^{2}bə^5 牛角ɣu^{2}gag$^{2·}$，月娘ɣe$^{1·}$niu^5 炕肉koŋ^{4}βa$^{2·}$，豬跤炕di^{2}ka^{2}koŋ^1 予你ho^{2}li^4，　縛乎絚bag$^{1·}$ho^{2}an^5 無爛βə^{2}nua^2，爛糊糊nua^{1}go^{2}go^5
	c j z s ŋ ɲ	七 十 二 色 黃 圓	七星cid$^{3·}$cⁿe^3，　親家cin^{2}ge^3 十七jap$^{1·}$cid$^{2·}$，珠雞ju^{2}ge^3 二十zi^{1}jap$^{3·}$，　日頭zid$^{1·}$tau^5 色彩seg$^{3·}$cai^4，時間si^{2}gan^3 卵黃nŋ^{1}ŋ^5, 阿英a^{2}eŋ^3, 天光tⁿi^{3}gŋ^3 圓ぁɲi^{2}a^4, 半圓bⁿua^{4}ɲi^5, 鄭dⁿe^2
母音	i a e u o ə	伊 也 会 有 芋 蚵	伊i^2，椅i^4，醫i^3，幼iu^1，秀siu^1 也a^2/ia^2，阿a^3，鴨a$^{2·}$，愛ai^1，歌gua^3 矮e^4，鞋e^5，会曉e^{1}hiau^4，茶de^5 有u^2，富hu^1，圍ui^5，雨季u^{3}gui^1 烏o^3，挖o^4，落雨lə$^{1·}$ho^2，烏鴉ぁo^{2}a^{3}a^4 蚵ə^5，學ə$^{3·}$，桌də$^{2·}$，紅桃aŋ^{2}tə^5

音母大概分組：一組，雙唇子音；二組，舌尖前顎子音；三組，舌根後顎子音；四組，平舌氣息子音；五組，母音。頭三組各出一个切調切元。（鐵路ti^{4}lo^2/ti$^{3·}$lo^{2}參看2.3.3）台語音母有天然ㄟ分組，照發音生理，咱應該注重。

定音註記口訣：

爸母伴a-m^4，大內廳，雞鵝炕乎爛，七十二色黃圓ぁ，伊也会有芋ぁ蚵

第四章：台語ㄜ標音註調（精確標音、即時註調）

台語ㄜ調性，變調，音母殊勝，簡單，好學。本章烤驗（考驗）本標音註調系統ㄜ實用佮應用，包括台語語音ㄜ本土化佮國際化。台語語音是台灣唸詩、諺俚，歌謠ㄜ基石。母音音元豐富就容易押韻。幫贊台式漢字ㄜ傳承以外，精確ㄜ「標音註調」可比將台語語音儲存佇國際「語音保險庫」。「標音註調」要求準確度嚴格，尤其愛八調清楚，而且有能力傳達任何台語語音，甚至免口傳，目視也唸会出來。因為台語發音足照規則，外國人照「標音」唱台語歌，口音應該会相當ぁ準確。

4.1：精確標音、即時註調：台灣歌《雨夜花》《望春風》

精確標音 即時註調 （為台語服務）
台語語音之美 — 詞,文,俚,諺,詩,歌,羅,劇

《雨夜花》

雨夜花 雨夜花，	$u^3ia^1hue^3, u^3ia^1hue^3$
乎風雨吹落地。	$ho^1hon^2ho^2 \ cue^2log^1 \cdot de^2$
無人看見 冥日怨慼，	$\beta \vartheta^2lan^2k^nua^4g^ni^1, me^2zid^3 \cdot uan^4ce^2 \cdot$
花謝落塗不再回。	$hue^3sia^2log^1 \cdot to^5 \ bud^3 \cdot jai^4hue^5$

《望春風》

獨夜無伴 守燈暝，	$dog^1 \cdot ia^2 \beta \vartheta^2p^nua^2 \ jiu^3den^2me^5$
清風對面吹。	$cen^2hon^3dui^4\beta in^2cue^3$
十七八歲 未出嫁，	$jap^1 \cdot cid^3 \cdot be^3 \cdot hue^1 \ \beta ue^2cud^3 \cdot ge^1$
當著少年家。	$dn^1di\vartheta^1 \cdot siau^4len^2ge^3$
果然標緻面肉白，	$g\vartheta^3zen^5piau^2ped^2 \cdot \beta in^1\beta a^2 \cdot be^3 \cdot$
誰家人子弟？	$sia^3ge^2lan^2ju^3de^2$
想要問他 驚歹勢，	$s^nio^1\beta e^3 \cdot mn^2i^2 \ g^nia^2p^nai^3se^1$
心內彈琵琶。	$sim^2lai^2d^nua^2bi^2be^5$

4.2：精確標音、即時註調 — 兒歌童謠《白翎鷥》《愛台語》

白翎鷥，車畚箕，   be^1·leŋ^{1}si^3, cia^{2}bun^{4}gi^3
車到溝ぁ墘。   cia^{2}gau^{4}gau^{2a3}g^{n}i^5.
跋一倒，   bua^1·jid^1·də^4,
抾著兩仙錢。   kiə^3·diə^1·nŋ^1·sen^{3}j^{n}i^5.
一仙儉起來好過年，   jid^1·sen^{4}kiam^{1}ki^{3}lai^{2}hə^{3}gue^{4}ni^5
一仙買餅送大姨。   jid^1·sen^{4}βe^{3}b^{n}ia^{4}saŋ^{4}dua^{1}i^5.

《白翎鷥》教台語音調，也教勤儉佮天倫。因為台語押韻特別婿，台語ㄟ詩歌俚諺佮囡ぁ歌往往是佇「爽音弄調sŋ^{3}im^{3}laŋ^{1}diao^2」，白翎鷥實在上袂曉車畚箕，這無要緊。詩歌也是歷史上口傳文化ㄟ好媒體，台灣足多。

【愛台語】兒歌 詞：李清木   【ai^{4}dai^{2}ɤi^4】

愛台語，愛台語，   ai^{4}dai^{2}ɤi^4, ai^{4}dai^{2}ɤi^4
三平三切 do, re, mi，   s^{n}a^{2}b^{n}e^5 s^{n}a^{2}ced^2· do^{1}re^{2}mi^3
爸母拼音二四字，   be^{1}βu^{3}pin^{2}im^3 zi^{1}si^{4}zi^2
循環變調好規矩，   sun^{2}huan^{5}ben^{4}diao^{2}hə^{3}gui^{2}gi^4
芋粿 蚵貼 鱔魚焿，   o^{1}gue^4 ə^{2}de^3 sen^{1}hi^{2}g^{n}e^3
我愛正港ㄟ台灣味。   ɤua^{3}ai^4 j^{n}ia^{4}gaŋ^{3e2} dai^{2}oan^{2}βi^2

註：母 (βu^4 or βə^4)，焿 (g^{n}i^3 or g^{n}e^3)

本兒童歌曲【愛台語】例舉台語ㄟ濁音，鼻音，cjzs 平舌音，ŋ 音，o-ə 之分辨，台語ㄟ1-2-3 do-re-mi 樂音性，也表揚台灣ㄟ食ㄟ文化。b-β，g-ɤ，o-ə ㄟ分辨是台語語音教學ㄟ要點。【愛台語】也舉例中語台語ㄟ語音學比較。

4.3：精確標音、即時註調：台語詩ㆤ精細標音

精確標音 即時註調
台語語音之美 — 詞,文,俚,諺,詩,歌,羅,劇

婧氣 sui³kui¹

【前輩ㆤ婦女】李清木試作 Tainan Lee jen²bue¹e²hu¹lu⁴
台灣婦女足僥倖,　　　　dai²oan²hu¹lu⁴ jiog³·hiau²heŋ²
顧翁飼囝真無閒,　　　　go⁴aŋ³ci¹gⁿia⁴ jin²βə²eŋ⁵
傳宗接代愛壯丁,　　　　tuan²joŋ³jiap³·dai² ai⁴joŋ⁴deŋ³
細漢ㇵ吃奶大ㆤ佇作兵.　se⁴han³ᵃ⁴jia¹·leŋ³ dua²ᵉ²di³·jə⁴beŋ³

細漢ㇵ？ 細漢仔？ 細漢子？ 細漢a？ 細漢的？
大ㆤ? 大e, 大ê, 大的, etc.

台語寫音字之美：「細漢ㆤ」「大漢ㆤ」攏正確。「細漢ㇵ」比「細漢ㆤ」較幼秀（細膩）。「細漢ㇵ」充分表達「台語寫音字之美」，但是「大漢ㇵ」有「音病」，有不適當ㆤ幼秀。「細漢仔，細漢子，細漢的，細漢啊」是外語，無表達台語ㆤ美音，字形粗魯，是舊式ㆤ寫音法ㆤ嘗試，有改善ㆤ餘地。

4.4：精確標音、即時註調：《海翁》

【臺灣 美麗的海翁】即時標音註調

臺灣，臺灣，一隻海翁　dai²oan⁵, jid¹·jia³·hai³aŋ³
大喙闊闊是基隆　　　　dua¹cui¹kua³·kua²·si¹ge²laŋ⁵
尾溜長長屏東縣　　　　βue³liu³dŋ²dŋ⁵ bin²doŋ²guan²
尻脊骿，婧噹噹　　　　ka²jia³·pⁿia³, sui³daŋ²daŋ³
宜蘭花蓮到臺東　　　　ɣi²lan⁵hua²lien⁵gau⁴dai²daŋ³
肥朒朒，腹肚桶　　　　bui²jud³·jud²·, bag³·do³taŋ⁴
臺中彰化雲嘉南　　　　dai²dioŋ³ jioŋ²hua¹ hun²ga²lam⁵
臺北高雄臺中港　　　　dai²bag²· gə²hioŋ⁵ dai²dioŋ²gaŋ⁴
四通八達四界週　　　　su⁴toŋ³bad³·dad³· si⁴ge⁴taŋ¹
美麗的海翁　　　　　　βi³le²e²hai³aŋ³
是咱的希望　　　　　　si¹lan³e²hi²βaŋ²

台灣ㄝ傳統親稱（暱稱）是蕃薯。伊ㄝ現代親稱是海翁。我愛蕃薯，也愛海翁。（參看 第七章《蕃薯》詩7.9）

4.5：精確標音、即時註調：台劇，台俚，台諺

標音註調 — 文化傳承
台語語音之美 — 詞,文,俚,諺,詩,歌,羅,劇

台諺台劇 無限佇口傳，標音註調有利教學

啉水思源頭，食果子拜樹頭.
$Lim^2jui^4 su^2\gamma uan^2tau^5$, $jia^1{\cdot}gue^3ji^4 bai^4ciu^1tau^5$.

人若衰，種匏ㄅ生菜瓜.
$Lan^5na^1sue^3$, $jen^4bu^{1a4} s^ne^2cai^4gue^3$.

仙拚仙，害死猴齊天.
$Sen^3b^nia^4sen^3$, $hai^1si^3gau^2je^2ten^3$.

食物口感，菜瓜較好食，「*語音口感*」有另外文藝。佇遮，「衰」是清爽ㄝ高平音，「菜瓜」回應原味，實在是無「衰」。台語語音，尤其語調，優雅如歌。不只兒歌，詩詞歌賦諺俚戲劇，四字聯，七字ㄚ，等，處處時時，台語語音予咱精神食糧，足有效。安樂時代添花，困苦時代送炭，讀冊人会使用標音註調，文盲族群單靠口音來傳承文化。「匏ㄅ bu^{1a4}」為例，註調要求精確，包括「寫音字ㄚ^4（仔，子，á，阿）」。

4.6：精確標音、即時註調：兩式台語字體，漢、羅ㄟ共同標音註調

台羅用李式標音註調（初試）

象鼻tshiūnn-phīnn (c^{n}iu^{1}p^{n}i^{2})
生薑tshenn-kiunn (c^{n}e^{2}g^{n}iu^{3})
圓あ湯înn-á-thng (^{n}i^{2a3}tŋ^{3})
虎姑婆hóo-koo-pô (ho^{3}go^{2}bə^{5})
軟 nńg (nŋ^{4}), 卵nńg (nŋ^{2}), 軟卵nńg nŋ (nŋ^{3}nŋ^{2})
上帝siōng-tè (sioŋ^{1}de^{1}), 天父thinn-pē (t^{n}i^{2}be^{2})
癢tsiūnn (j^{n}iu^{2})
山莊suann-tsng (s^{n}ua^{2}jŋ^{3})
佛祖Pu̍t-tsóo (Bud^{1}·jo^{4})
親成/親戚tshin-tsiânn (cin^{2}j^{n}ia^{5})
沒錢毋驚鬼Bô tsînn m̄ kiann kuí (βə^{2} j^{n}i^{5} m̩^{1} g^{n}ia^{2}gui^{4})

（羅馬字來源：「愛台語」網站）

一款台語：台語文有數種寫法，台羅，漢羅，中式漢字，台式漢字，等（關於意音字台文參看第5，6，7章），但是只有一款台語語音（雖然有南腔北調ㄟ小差別，差別ㄟ腔口一般猶用仝調）。台文寫法現在發展中，不穩定。雖然任何語音攏有機動性，台語語音已經相對成熟穩定。語音是語言之本，台音是台語ㄟ精髓。如述，台語ㄟ語音式文法善用ㄟㄚ兩音，無文字以前就應該会通（參看6.2）。

本表示範，台式漢字與台羅攏会使使用本系統來「精確標音，即時註調」。
台語只有一款語音。

4.7：精確標音、即時註調：唐宋詩ㄟ語音與調性，台語ㄟ語音史觀

孟郊《遊子吟》李式台語標音
慈母手中線　　　ju²βu⁴ciu³dion²sⁿua¹
遊子身上衣²¹³　　iu²ju⁴sin²sion¹i³
臨行密密縫　　　lim²heŋ⁵βad¹·βad¹·tⁿi²
意恐遲遲歸　　　i⁴kioŋ³di²·di²gui³
誰言寸草心　　　sia⁵ɤen⁵cun⁴cau³sim³
報得三春暉　　　bə⁴did³·sam²cun²hui³

徹底台化
押韻！
三平三切！
鼻音濁音！
循環變調！

台音
完美
耐久
台字
加油

長山公，本地嬤
長山字，本地音
台語：父字，母音？

王維《相思》李式台語標音
紅豆生南國　　An²dau²sⁿe²lam²gog²·
春來發幾枝　　Cun³lai⁵huad³·gui³gi³
勸君多採擷　　Kuan⁴gun³də²cai³ged²·
此物最相思　　Cu³βud³·jue⁴sⁿiu²si³

蘇東坡《題西林壁》李式台語標音
橫看成嶺側成峰，　　hⁿuai²kⁿua¹seŋ²nia⁴ ceg²·seŋ²hoŋ³
遠近高低各不同。　　hŋ¹gin²guan²ge² gog³·bud³·doŋ⁵
不識廬山真面目，　　bud³·seg²·lo²san³jin²βin¹βag³·
只緣此身在山中。　　Ji³en⁵cu³sin³jai¹sⁿua²dioŋ³ （山, san², sⁿua² 約定俗成）

唐宋詩用台語發音，不只押韻優美，也顯示台語語音之美ㄟ一切殊勝，三平調，三切調，切調ㄟ四切法，循環變調，鼻音，「β, ɤ」濁音，do-re-mi ㄟ音樂性，等。現代中語無鼻音，無濁音，無八調，無語音式文法，切音少（只有「的，地」輕聲），只有一个平調，參台語語音對比，差異明顯。

本發現，事實清楚。解釋較難，請示專家。筆者一說：1. 古漢字向外傳「寫意字」，包括詞法俗語思。至今漢字「寫意字」佇各地存留。2. 各地將漢字各發個音。交通限制，傳字不傳音。3. 各地各族群另外加入家己ㄟ「表音字」。自然，各地「寫音字」分歧。4. 台灣數群族接受漢字ㄟ「寫意字」佮「語思」，但是用其母語本音來發音，來做台語。5. 千年來台語漢字詞完全台音化。6. 南島音台語吸收荷西葡日中英等語ㄟ字、詞、音，也台音化。7.「外來語」往往無漢字，歷史上漢字輸入量也不平均。8. 台話語音簡單，無用「ㄈㄩㄦ，ㄓㄔㄕㄖ，r」等歹音。9. 台語語調ㄟ特色「三平三切，循環變調，等」持久不變。此說只基於本語音發現，純「假說」（hypothetical）。

本發現無證明台語是中原古語。史實，秦始皇統一中國「車同軌」，焚書坑儒「書同文」，但是「口不同音」，至今，尤其週邊地區。中原到台灣中間有無數ㄝ「非台音」語言，福建就有6-10種，漳州泉州離中原最遠。歷史上中原古音由空中或沿海，跳越或穿越各方言區域，來南島語系ㄝ台閩語區做台語，而且連續保全至今ㄝ可能性太小。漢字ㄝ「存留傳湠」免用漢音，事實，中語至今各地「口不同音」，今日中語用滿大人ㄝ北京音，民初選國語，險險ぁ用廣東音。台語接受漢字，無證明台音是河洛音。

4.7.1：由唐宋詩ㄝ發音看漢字ㄝ台音化：高山大海化

自開始用漢字，台語就有漢字ㄝ漢語語思，至今。但是，歷史上教育無普遍，普通人否識字，也無機會聽中原音。筆者細漢彼陣（1950初），村內有一个長輩佇教三字經。文盲ㄝ鄰居也会唸幾句ぁ「人之初，性本善。性相近，習相遠」。您攏讀漢字發正統台灣南部音，「zin⁵ji²co³」，等。以前，村里內教漢字ㄝ所在往往是漢學人ㄝ厝間（「漢學仔，漢學ぁ」）。雖然歷史上文盲足多，台灣民間也無人傳中國語音，但是台音化ㄝ漢字，脈脈相傳。事實，台灣人ㄝ姓氏用台式漢字，發台音至今。「台語無字」ㄝ講法誤會台語，除非「河洛」詩人李白杜甫蘇軾不識「河洛」字，除非台灣人無「漢語名」。

台語不是中語ㄝ方言，語音ㄝ根本差別太大，而且台語「文言-白話」ㄝ差別比中語較小。「福佬台語是中原河洛古語」一說難證明「古中語發今日台音」，也歹解釋「中語安怎失去其八調佮變調，鼻音，等」。中語ㄝ音元安怎變成複雜凌亂，充滿氣息音佮捲舌音，尤其欠切調」？中音繁雜，雙母音莫算，ㄅㄆㄇㄈ表就有30音母。將「ㄐㄑㄒ，ㄗㄘㄙ」算作伙猶有二十七。

漢字ㄝ台音化經久保存：比較直接ㄝ講法，自古至今，*中語是中語，台語是台語*，平行用漢字。唐宋詩用現代中語來唸，也朗朗順口，也只有一个平調，捲舌音足多，變調少，無循環變調，切調不明顯。另外，白話古語ㄝ差別：異族通婚、元清滅宋明，中語語音受強烈衝激，以致近代話比古語差別足大。對比，台音「冬眠」保全幾世紀，結果，白話比古語差別較小，「阮某，您翁」是文言也是白話。（筆者建議，台語免分文言-白話，參看7.2）。

台語語音ㄝ海島特色：一說，台灣是廣大ㄝ南島語系ㄝ大本營，中國沿海地區也有南島語音人口。海島ㄝ寬闊環境佮人口分佈，需要南島語音適用於

「高山大海」。自古，台式漢字是「進口貨」，過程中台語篩選「台式漢字」，「台音化」ㄟ要點自然是「鼻音化，實音化，頻率平調化，切調化，無用ㄈㄩㄦ，不捲舌」，等，就是「高山大海化」，適應海島傳音。

台語保留「漢字字義音型」明顯，但是較少保留「中語語音」。甚至佇「國語」強勢ㄟ今日，中音「ㄓㄔㄕㄖ」短短幾十年已經台音化，何況千年古漢音，何況數百年來，台灣受異族殖民，也向世界各語音開放，但是台語語音照常保全，至今。

自然事實：物理、生理、樂理事實，鼻音容易共鳴，好傳人聲。台語免等「彎曲調」來講完全音，平調較否驚口音聲波受干擾，降調（4）聽「降」就知全音，分節調（5）会使做兩平調來聽。頻率化（定頻），三平調比二平調自然。切調減短聲波受干擾ㄟ機會，將每頻率分做「平切」兩音用，加倍音元，減免「難傳音」（ㄓㄔㄕㄖ，音尾s，t）等ㄟ需求。捲舌音，吐氣子音無適合高山大海，逆風歹傳，台語無這款歹音。**高山大海音，不是中原古音**。台灣，歷史上、地理上攏一面是亞洲ㄟ漢式「寫意字」、一面是南島語系ㄟ「高山大海音」，台語有長期ㄟ「天時地利」來融合漢字參南島音，來做台語。**中國閩南也是安尼**。台語語音不需要是「河洛」古漢音。

歷史上，台灣海峽過渡危險，漢男往往獨身來台，甚至有一說講台灣人「有長山公，無長山嬤」。但是，中國閩南語類似台語，中國閩南語也已經「南島化，台音化」。所以「台灣人無長山嬤」只是漢字台音化ㄟ因素之一。台灣海峽「烏水溝」對台語ㄟ影響可能只限於「中國閩南語」比「台語」ㄟ小差別。漢字入閩入台全款「台音化」，入日本、韓國，越南也攏保持漢語ㄟ音型佮語思，但是語音攏「本地化」。漢字基本上是「寫意文字」，自古就「傳字免傳音」，是公開文字，共同遺產。方言ㄟ定義，語音是較好ㄟ指標。

台語会使假定是融入漢字ㄟ南島語言，台音與中音差別足大，中國閩南佮台灣攏「講台語寫漢字」，攏不是中國ㄟ閩南方言。一說，台語是廣大海島語言ㄟ大本營，中國閩南也屬南島語系區域。語音，語言之本，日語韓語越南語甚至用全漢字，也不是中語方言。台語是台語，中國閩南語也是台語。

4.8：台語ㄟ本土化、國際化

台灣ㄟ文化、學術、國際關係講究本土化佮國際化。語音是語言之本，語言是文化之根，台語也需求本土化、國際化。用最普遍ㄟ國際標音註調，予台灣文藝容易外傳，也方便引入外國ㄟ新科技術語，這也是本土化、國際化。台灣歌予外國人好唱愛聽，路牌予外客好讀也是「本土化，不孤立化」！筆者為著考驗這个理念，舉例拋磚，希望名家不吝獻玉，指教！

4.8.1：【新春ㄟ田庄】李清木 (意音字台文，外國歌填台語歌詞)

田嬰初戀占稻枝

水蛙呼伴田岸邊

本土化
國際化
世界名歌台語詞

德國名歌 "Alle Vögel sind schon da"
中語歌詞「春神來了怎知道？」

【新春ㄟ田庄】C Lee	sin^{2}cun^{3}e^{2}can^{2}jŋ^3
田庄新春這當時，	can^{2}jŋ^{3}sin^{2}cun^{3}jid^3·doŋ^{2}si^5
山風溪聲如詩。	s^{n}ua^{2}hoŋ^{3}ke^{2}s^{n}ia^{3}zu^{2}si^1
田嬰初戀占稻枝，	can^2^{n}i^{3}co^{2}luan^{5}jiam^{4}diu^{1}gi^3
水蛙呼伴田岸邊。	jui^{3}gue^{3}ho^{2}p^{n}ua^{2}can^{2}h^{n}ua^{1}b^{n}i^3
寶島新春有情意，	bə^{3}də^{4}sin^{2}cun^{3}u^{1}jeŋ^{2}i^1
家家戶戶歡喜。	ge^{2}ge^{3}ho^{1}ho^{2}h^{n}ua^{2}hi^4

這首詩描寫筆者兒時ㄟ記憶。用這首詩，筆者嘗試將一首國際名歌填台語歌詞。德國歌 "Alle Vögel sind schon da"，中語填詞叫做「春神來了怎知道？」世界家傳戶曉。世界名歌ㄟ翻譯填詞，台灣比日本、中國慢足多。加油！

各國民歌唱台語歌詞，予咱瞭解世界文化，也会幫贊世界人士欣賞台語美音，瞭解台灣文化。筆者希望本標音註調系統会董幫贊「台外」文化交流。歌詞中「這當時」ㄟ「這」字是切調，唱 staccato，是台語ㄟ內在本質。
（詞彙：田庄can^{2}jŋ^3，tshân-tsng，countryside；田嬰can^2^{n}i^3，tshân-inn，dragonfly）

4.8.2：【Formosa，阮心愛ㄝ國家】(意音字台文 , 外國歌填台語歌詞)

【Formosa, 阮心愛ㄝ國家】李清木 (意音字台文 , 歌詞)

Formosa! Formosa!
你是台灣人ㄝ心肝，
有高山，有海岸，
顧咱心愛ㄝ國家。
遐有咱ㄝ厝，佇東亞，
毋通放伊孤單，
Formosa！Formosa！
你是阮心愛ㄝ國家！

Formosa! Formosa!
你是台灣人ㄝ心肝，
有高山，有海岸，
顧咱心愛ㄝ國家。
遮就是咱ㄝ厝，佇東亞，
運命看咱拍拚，
Formosa！Formosa！
你是阮心愛ㄝ國家！

筆者另外咯將「Edelweiss」，世界出名ㄝ電影「真善美」ㄝ愛國思鄉曲，填台語歌詞作「*Formosa，阮心愛ㄝ國家*」，拋磚引玉！一唱「遐有咱ㄝ厝」是「遊子唱」，二唱「遮就是咱ㄝ厝」是「在地唱」。（註：心肝，台音是2>3，往上，音樂是la-so，往下，有倒音之嫌。）

註：本歌詞承蒙女高音名聲樂家王淑汝首唱，筆者再三感謝！
YouTube：https://youtu.be/HW2-cx5eGo4

第五章：以語音學看台字台文 (寫音字)

古漢字以「寫意」為主，「寫音」其次。「聲傳不到」ㄟ所在，「語言不通」ㄟ群族當然用本土音教漢字。使用漢字ㄟ語言不全是中語ㄟ「方言」。尤其，日語、韓語、越南語，等，甚至全用漢字，也不是中語ㄟ方言。台語仝款。台語用足多漢字，其漢字語思佮詞法常常與中語有平行ㄟ類似。但是台語，尤其音調，比中語有根本上ㄟ差異。今日中語ㄟ語音、寫音字、文法已經偏離「古漢語」足遠。台語偏離其古語較少，「文言白話ㄟ差別」也較小。

台語「欠缺字」足多。古早漢字教育無普遍，日治時代中字無輸入，最近以「國語」傳入ㄟ漢字猶未寫成台式漢字，台語吸收ㄟ本地語、荷葡西日英等外語，也猶未完全寫成台式漢字。多世紀以來，漢字漸漸平民化，日常常用ㄟ寫音字出現。現代中語用「的得地子兒仔」等字來表達類似英語ㄟ文法字，「-'s，-ed，-ly，-y」等。台語較有系統，其「寫音字」集中佇「e，a」兩音，簡明美妙，但是台語猶無機會將這兩音統一寫出來。現此時，「的」是中語ㄟ最常用字，「e」是台語最常發ㄟ音。為著「e」音，漢羅寫「ê」，其他猶有「e，的，之，ㄟ」等試寫字。筆者考慮台語語音ㄟ歷史佮混合字體ㄟ美觀，建議用「え、あ」作「小台字」來寫台語ㄟ「e，a」音，希望用「意音字台文」ㄟ文體來幫贊台語台文發展其獨立性、自我認識、佮完滿。

5.1：台語「寫音字」概說

古漢文簡捷，語音傳不到ㄟ所在，「馬上」用「寫意」文字溝通。秦始皇統一中國，「車同軌，書同文」，但是漢字「口不同音」，各地各群族各發個音，各加家己ㄟ「表音字」。現代中語摻入足多「表音字」，也常常「一字化兩字」來白話化，結果，「的」字滿滿是。對比，台語至今猶無家己ㄟ「寫音字」系統，「國語」推行以來，最近借用中語ㄟ「的，地，子/仔」來寫「えあ」音，這掩蓋台語「えあ」音ㄟ文法性佮樂音特色。無彩！

文法字尾/尾字ㄟ世界觀：
人類語思ㄟ表達有一个共同點：「James's」「nicely」「died」為例，文法字屬其母字，常常用字尾或「詞尾小字」來表達，拉丁語系 ('s, -ly, -ed，-ig, -ment/mente)，日語 (の，に，-い)，台語 (-ㄟ，-あ) 等，皆然。

台語ㄝ詞尾寫音字：

今日台語ㄝ「e，ê，à，的，地，矣，仔」等，是「e,a 寫音字」ㄝ試用版。遮ㄝ「ㄝあ寫音字」類似英語ㄝ文法字尾（副詞、形容詞、所有詞、過去式，等）。本底，「狗あ」ㄝ「あ」單獨講無意思，單獨寫不是字，勉強用進口字「仔」來寫，誤會台語。初試，台語「細漢あ団婿あㄝ小弟あ生兩个雙生あ」無輸「細漢仔団婿仔ê小弟仔生兩個雙生仔」，有台語意識，文法性無輸。

台語、中語、英語、日語、台羅ㄝ文法字尾/尾字ㄝ比較：

英語「-ed, -'s, -ly, -y」等「文法字尾」獨立不成字，做字尾也輕音自居，文法好，語音好。日語基本上是「音節語言」，伊ㄝ「文法尾字」用平常ㄝ音節字（の，に，-い）來寫，但是本身無含「字義」。中語用「借字」來寫「文法字尾」，伊不管「的，地，仔」等「借字」ㄝ本義，也無特別寫法。台羅ㄝ「ê，á」寫音優秀、功能好，但是，佇「全羅」尹佮尹ㄝ「母字」仝字型，部分失去「寫音字」ㄝ殊勝，文法性也無強，佇「漢羅」尹有異物感。

小結論：台語「表音式，文法字」ㄝ語思佮語音已經成熟、完美，但是試寫中ㄝ「中語式寫音字」「的，地，仔，子，ㄟ，矣」等，有種種缺點，無寫出台語語音ㄝ「表音字」之美，洗不清「目的，土地，人子」ㄝ原本字義。好佳哉，目前咱有機會將「ㄝ，あ」等「表音字」用作「寫音字」來寫有文法、有「字尾感」、会使輕聲連音、書法好看、有台語個性ㄝ「意音字台文」。

5.2：台語寫音字「ㄝ」（e，ê，的）

從語音觀點看漢字 — 寫音字

古語：吾師，令尊，三人行，親其親
中語：我的老師，您的爸爸，三個人一行，親他的父母

中語：你的太太，我的丈夫　　　You, Your, John　John's
台語：您某，阮翁　　　　　　　Friendly, nicely, milky

中語：「個，的，得，兒，地」—（笨拙ㄝ寫音字，「目的？」）
台語：我 ê, e, 的, 之, ㄟ, 啲, 嘅？摸索中，未寫定。我ㄝ？

中語，「的」是最常用字，台語「e」比中語ㄝ「的」更常用
台語復興改革ㄝ良機 — 寫音字！「阿aあ仔，êeㄝ」兩音入手

「吾師」，現代中文「我的老師」，加一个「繁字」「的」。「的」字無用原字ㄟ語思，但是看起來猶是「目的」ㄟ「的」，洗袂清。台語「您某」「阮翁」等，優雅、簡便、本土化，不用「目的」ㄟ「的」字。台語欲寫「e」音ㄟ時，已經常見「ê」字。用「ê」代替「的」是寫音字ㄟ概念，台羅領先。

5.3：台語寫音字「あ」簡介（a，仔）

「仔」，「人子」，「牛仔」是「牛郎」，「歌仔」是藝人。「牛郎」穿「牛仔褲」，「仔牛，子牛，牛囝，牛子」免穿褲。「狗仔」是歹「人」。

「天公伯仔」？「天公」在上，「天公伯」何「仔」！神明勘怒！「今あ日」「窗あ門」「溝あ墘」「一點點あ」「鬼あ」「小可あ」，等，何「仔」之有？「仔」是中語ㄟ歹字，無合台語。台語暱稱「あ」字好用，「囝あ，翁あ某」。

5.4：台語「えあ寫音字」ㄟ系統化 (參看6.2)

台語用「e，a」音做「寫音字」，將語音分兩組，有輕重長短，將台語美音化。而且「えあ」也是文法字，「語音式文法」簡單優美。筆者所知，「えあ」這款台語語音之美世界無雙。台語「意音字，文法字」ㄟ系統化，參看第六章 (6.2).

5.5：台文ㄟ字型識別：有「え，あ」ㄟ漢文句一看就知影是台文

世界級語言，寫出來就看会出是什麼語。台語ㄟ識別，尤其對中語ㄟ識別，是台語本土化ㄟ重點。照語音學ㄟ分析，台語與中語，「表意字」ㄟ寫法有同有異，「表音字」ㄟ寫法已經完全分開。「え，あ」比「的，阿/子/仔，地」好寫好用，參台式漢字寫作伙好看。文句看著「え，あ」就知影是台文。
(參看第6，7章)

```
寫意字/寫音字用無仝款字體，台語文ㄟ字型識別：

細漢仔囝婿仔的小弟仔生兩個雙生仔 — 中式漢字
細漢á囝婿á ê 小弟á生兩个雙生á ———漢羅
細漢あ囝婿あえ小弟あ生兩个雙生あ ———意音字

上：中式漢字台文，無合台語語音。
中：羅馬字台語是獨立寫音語言，羅馬字體與漢字字體融合欠佳。
下：意音字台文，本實驗系統ㄟ台文寫法。
```

「意音字台文」用兩款「同源同根同基因」ㄟ東亞字體，寫意字用台式漢字，寫音字集中佇「えあ」兩音。

(詞彙：雙生あ，雙生á，雙生仔，siang-senn-á，音sian^{2}s^{n}e^{a4}，意 twins，little twins。「あ」參「生」連音，發ŋa音，參看《台語連音之美》，6.6)

5.6：台語「个個」「会會」「台臺」ㆤ分用

台語寫音字：小台字「ㆤ」
「个個」「会會」兩寫字分用

我的兩個個人主義者的朋友，會來開會.
我ㆤ兩个個人主義者ㆤ朋友，会來開會.

我ㆤ三个兄弟，作一伙，破車換新ㆤ，会曉享受，隨社
會ㆤ進步，跳離下腳層ㆤ人生。

我的三個兄弟，作一下，破車換新的，會曉享受，隨社會的進
步，跳離下腳層的人生。

我ê三個兄弟，作一下，破車換新ê，會曉享受，隨社會ê進步，
跳離下腳層ê人生。

 會

中語「會講話」佮「開會」兩个「會」字互不相關，文法上也屬無仝詞類。台語「会/會」不同音，「会」音e², 「会曉e¹hiao⁴」「会使e¹sai⁴」「会講話e¹goŋ³ue²」ㆤ「会」是「助動詞」；「會」音hue², 例：「開會kui²hue²」「會議hue¹ɣi²」「國會gog³·hue²」。「會」ㆤ字形本來就親像一間會議廳。

「个，個」文法上有大有細：用「个e⁵」來算「一个」「兩个」「三个」，只是單位詞，接近「寫音字」，英語少用ㆤ「个」；對比，用「個」來寫「個性gə⁴seŋ⁵, 個人gog³·zin⁵」，「個」是「寫意字」，較有份量，字型較大。

台語，「台，臺」語思相異。「臺」親像「舞臺」，是一个繁雜ㆤ建築。「台語平臺」不是「臺語平台」！「舞臺」不使「武台」。「望台臺」上台胞隔洋思親。「台灣」「祝英台」ㆤ「台」字是專有名詞。

分開用，「会/會，个/個，台/臺」是六个台語ㆤ「正體字」，不是簡體字。

第六章：以語音學看台字台文：語音式文法

6.1：台語ㄜ「語音式文法」

台語文法神奇美妙：對比，中文ㄜ文法字，「的，地，兒，子，仔」等「表音字」，已經定型，*中語無「寫音字」ㄜ理念*，用全款「寫意字體」來寫「表音字」，發音無大無細，無連音。通稱「中文無文法」。*前車之鑑！*

變調是文法：台語用變調做文法ㄜ活性真大「母βu⁴」是名詞，「母親」ㄜ「母βu³」變調作形容詞（"maternal" parent）；「親cin³」是名詞，「親家」ㄜ「親cin²」指明什麼家？變調ㄜ分節也是文法。「變調，文法」是兩項代誌;「變調文法」是一項代誌，「變調」指明什麼「文法」。

字尾加「n」做複數：代名詞「我，阮」「你，您」「伊，尹」「我，阮，咱」，等，用「-n」來作複數。這比英語ㄜ（I,we; you,you; he,they），中語ㄜ「們」，日語ㄜ對應文法字，較婧，較簡單。

詞尾加「ㄜ」多功能：台語ㄜ「ㄜ」堪稱世界最常用ㄜ調性語音。「天氣ㄜ變化」「故鄉味是芳ㄜ」等是所有詞、形容詞、補語。

詞尾加「あ」多功能：*暱稱/親切、副詞、過去式*：「あ」式親稱/副詞/過去式也是台語足大ㄜ「語音式文法字」。（親稱cin²ceŋ³：暱稱）

詞尾加「あ」：*暱稱/親切詞、副詞*
名詞「囝あ，圓あ，阿蘭あ」；副詞「慢慢あ行，好好あ講」；雙名詞「某あ団」，等，「相當あ婧」。

詞尾加「あ」：*過去式/完成式/過去分詞*
「轉來あ，醒あ，精神あ」比英語ㄜ「-ed」「have -ed」，比日語ㄜ「-た」「-した」，比中語ㄜ「了」簡單高明。

台語「聽」文法，*神奇美麗，簡單明瞭*。因為人類無文字以前就有語音，可以推想「語音式文法」*佇無文字以前*就已經佇做台語ㄜ文法！

6.2：台語ㄝ「えあ寫音字、語音式文法」表

中文	中文 例詞	台語探索 先例	台語 えあ	えあ寫音字 語音式文法	英語文法 English Grammar
的	我的 台灣的歌聲	我ê, e, 的, ㄟ	え	我ㄝ 台灣ㄝ歌聲	John's, his, mine, yours Taiwan's songs
的	黑的，公的	烏e，公的	え	烏ㄝ，公ㄝ	black (in black), male
得	見不得人 不見得 不記得 勸不得	袂看得 袂勸得	え	袂看ㄝ 袂記ㄝ, 不記ㄝ 袂講ㄝ，袂勸ㄝ	-able, unpresentable not really not open to advice
了	受不了	袂忍得	え	袂忍ㄝ，袂擋ㄝ	un---able, unbearable
了	死了，吹了 氣死了，胖了	氣死了，氣死耶 行去矣，氣死也	あ	死あ，過身あ 氣死あ，行去あ	-ed, "killed me" blew, gone, died
地	輕輕地走	輕輕哪走	あ	輕輕あ行	-ly, nicely, lightly
兒	狗兒，明兒	狗仔，貓仔	あ	狗あ，珠あ，貓あ	-y, birdie, doggy, horsy
子	燕子，孩子	燕仔，囡仔	あ	燕あ，囡あ	birdie, baby, Cindy
小	小瑛，小燕	珠a、貓仔 天公伯仔	あ	瑛あ，扁あ，貓あ 天公伯あ	Joey, Mandy, Johnny kitty

這尼婧ㄝ台語文法，哪会到這碼猶無人教我？（哪会na³e², how come，怎麼會；這碼 jim³ma⁴, this point，現在。這jid²·，碼ma⁴，連音成jim³ma⁴)

6.3：台語變調分節ㄝ活性佮文法

「書法2·，藝術」是兩種文藝，「書法3·藝術」是一種藝術。「自然5，科學」是兩種學問，「自然2科學」是一種學問。做前字，變調，「書法」「自然」變作形容詞。這比如英語「calligraphy and art」變「calligraphic art」，「nature and science」變「natural science」。

科學、哲學家 Richard Feynman ㄝ名言 "You can always recognize truth by its beauty and simplicity." 這就是咱ㄝ母語，文法簡明有規則，連音優美。

6.4：「Be 動詞」兩態ㄟ三語比較

語言	靜態	動態（進行式）	文法
A）英語	am here	am sleeping	be+非動詞，be+動詞-ing）
B）中語	在這裡	在睡覺	「在，在」不分
C）台語（分字）	佇遮di¹·jia³	咧睏le³·kun¹	「佇，咧」分字，分調
D）台語（分調）	佇遮di¹·jia³	佇睏di³·kun¹	「佇，佇」仝字，分調

台語「佇遮，佇睡」是「be」ㄟ兩式，用調性區分，「佇睏」免寫「咧睏」或「佇咧睏」。

佇：「be 動詞，copula」，原字di²·，前字di³·
佇di²·：佇遮=在這裡，(be) here（佇+補語）
佇di³·：佇睏=在睡覺，(be) sleeping（動詞-ing）
我佇²·遮佇³·睏，I am here,（am）sleeping

6.5：台語中語ㄟ語音文法ㄟ差別表

	平調	切調	變調	濁音	捲舌音 ㄦ，ㄩ	寫音字	語音式文法
台語	三 (低中高)	三 (低中高)	循環變調	常用 (β,ɤ)	無	優越普遍 (ㄜㄚ)	優越普遍 (ㄜㄚ)
中語	一 (陰平)	罕 (的,地)	罕	無	常用	無	無

其他：1.「ㄓㄔㄕㄖㄗㄘㄙ」ㄟ共同母音，台語不用。2.中語連音不順，有子音拑路。真拑路。

6.6：台語ㆤ連音之美（ㆤㄚ寫音字、文法字ㆤ連音性）

法語以連音（liaison）出名，鼻音豐富。中語無連音無鼻音。台語有足殊勝ㆤ連音佮鼻音。暱稱、所有詞，形容詞，副詞，動詞過去式、過去分詞，攏用「ㆤㄚ」連音。台語每字尾，「母音，m，ŋ，n，d切，g切，p切」，攏会參「ㆤㄚ」連音，例：林ㆤ成me，潭ㄚ成ma，博ㄚ成ɣa，囡ㄚ成na，軟ㆤ成ŋe，甜ㆤ成ȵe，姪ㄚ成la，葉（姓氏）ㆤ成βe，等。

文法字，「目睭金金ㄚ看」ㆤ「ㄚ」連音成ma，「天光ㄚ」ㆤ「ㄚ」連音成ȵa，等。「金金ㄚ」是副詞，「天光ㄚ」是動詞ㆤ完成式。

這尼婿ㆤ連音，**應該好好**ㄚ**寫出來**，毋通用「的地仔子矣」歹字來埋沒。

註1：g,d,p 切元出自gɣk,dlt,bβp三組子音，連音ㆤ時，一般用其濁音（ɣ,l,β）來連。例：博ㄚ發ɣa，姪ㄚ發la，粒ㄚ發βa）。（參看1.2.1）

連音ㆤ語音學意義佮品質：「寫音字」屬於其母字，單獨寫不是字。既然，尹最好無家己ㆤ子音，較好連音。台語「ㆤㄚ」有這款天然ㆤ語音品質。

「囡ㄚ」「仁ㄚ」「輪ㄚ」，「a」連音成「na」。
「長ㆤ」「軟ㆤ」，「e」連音成「ŋe，ɣȵe」。
「直ㆤ」「博ㄚ」，「e」「a」連音成「de，ga」。
「狗ㄚ」「兔ㄚ」「豬ㄚ」，母音連母音，無中斷。
「扁ㄚ」「甜ㆤ」，「e」連音成「ȵia」「ȵe」。
「潭ㄚ」「林ㆤ」，「a，e」連音成「ma，me」。
「一个」連音成「jid^1-de^5（jid^1-le^5）」。

第七章：以語音學看台字台文：意音字台文（理論，實驗）

7.1：《意音字「全台字台文」ぇ願景》（意音字台文，論文）

一：**台灣文字ぇ識別**。「台式漢字（台語寫意字）+台語寫音字」寫成「意音字台文」。台語語音佮台式漢字，不但保持正統漢文字ぇ精萃，尹予台語有機會發展尚婧ぇ「意音字」(ideo-phonemic Taiwanese scripts) 新字體。「えあ意音字」文體**一看就知影是台灣文字**，是台文ぇ識別好標記。

二：**普及化，日常化**。古語式台文，包括台諺、台詩、台劇、台歌，等，朗朗上口，真少缺字。老百姓通用ぇ日常語與散文難寫字較多，有二个原因：1. 欠公認ぇ「寫音字」，2. 外來「非漢字，新漢字」ぇ台語，猶未寫做台式漢字。咱若用「えあ小台字」先解決「寫音字」ぇ欠缺，其他台式漢字就較有機會來研發。台語「えあ」音非常好用，常用，簡單，好聽。旋轉ぇ手工具会使名叫「轉ぁ juan^{1a4}」。再例：「掘ぁ gud$^{1.la4}$」「挖ぁ o^{3a4}」。

三：**本土化**。「えあ」**出自台語ぇ正音佮語思**，無用外語ぇ語思。「意音字」不是「漢和字」。「好好ぁ」比「好好â，好好仔，好好地」較本土化。

四：**科學化**。「寫意字，寫音字」ぇ文法佮語思分類明顯。台語ぇ「意字音字分體」有科學基礎，也有「直視感（visual aid）」來助益長句ぇ分節速讀。

五：**藝術化**。「意音字」ぇ「意字」參「音字」会融合，有大有細，台灣書法藝術有潛能發輝新字體。「寫字ぇ藝術」比「寫字ê藝術」有書法ぇ美觀，也会使縱寫。（參看7.9，7.10）若無用「意音字」台語書法藝術何去何從？

六：**生存競爭**。古詩古文，用台語、中語唸攏「朗朗上口」。現代語，台語對中語敢競爭会贏？台灣人普遍識漢字，台語語音好教，「意音字」ぇ開發会助益台語對比中語ぇ生存競爭。「中語式台文」用「的，仔，子，地」等中式表音字，太成中語，減低對中語ぇ識別力，台文意識。

照音寫字：

咱有責任將咱這尼婧ぇ母語語音，好好ぁ寫出來！

7.2：《照音寫字：文白合體台文》(意音字台文, 論文)

將這尼婧ㄝ語音，好好ぁ寫出來！

台語講話廣用「表音字」，也處處用「表音字」來做「語音式文法」。台語書寫愛參用「寫音字」，才對得起母語ㄝ美音。「的，白勺」，「地，土也」，「好好地」是中語ㄝ無奈。咱有責任將咱這尼婧ㄝ母語語音，好好ぁ寫出來！好好ぁ寫咱ㄝ「台音式台語」！這咱做会到！

莫分文言白話！語音，語言之本，台音，台語之本！

歷史上，台語輸入漢字ㄝ過程中，難免有中語ㄝ「白話文言之爭」ㄝ攪擾。異族通婚、元清滅宋明，中語語音受衝激，以致近代話比古語差別足大。對比，台音「冬眠」幾世紀，保存其古音，伊ㄝ現代語比古語ㄝ差別較小。咱会使使用「意音字台文」寫好台文，免分白話文言，無文言白話ㄝ困擾。中國民初ㄝ「白話文運動」是中語ㄝ代誌。

詳細分析，中語「白話對文言」ㄝ一大問題是「表音字對表意字」ㄝ衝突。中語「的，地，子，兒，仔」等字，原字ㄝ字義洗不清，全字體佔全時空，勉強「混入」表意字來表音，用法笨拙。對比，台語「表音字」集中佇「ㄝあ」，用小台字來分寫，有大有細，無子音ㄝ扴路，連音婧，又是好文法。

既然台語「意字音字」融合優雅，既然唐宋詩佮現代台語「音法」類似，咱著愛「照音寫字」來創作咱ㄝ正統新台文，直接「寫台音作台文」，莫「重蹈覆轍」中語ㄝ「文言白話之爭」，這就是「迎頭趕上」，就是「新台文文藝」！「阮翁」「您某」「長老」「養老」「正直」「自由」「互重」「聖餐」「自助餐」「觀音」「參與」「慈濟」「天倫」「環保」「互益相長」「台文戰線」「建國路」「文明」「獨夜無伴」「新春」「好囝」「好囝会飼爸」，等等，是文言，也是白話，攏是「台語」，攏是「文白合體」ㄝ台語台文。以「歹囝会飼爸」為例，佇台語，文言白話仝款，攏婧。佇中文，文言「歹子善養父」與白話「壞兒子会飼養爸爸」，格格不入。「北京語」對「河洛古音」，本來就是「胡語」。

7.3：《台語語音ㄟ一个神奇特性》（意音字台文，論文）

人類語言分「非調性語言」佮「調性語言」，「調性語言」用「平調」與「非平調」。「非平調」有「直升直降」「彎曲」與「分節」。泰國語有五个「彎曲調」，無平調。越南語有五个「彎曲調」，一个平調。中語有一个平調。台語有三平三切，5調是「1+2」調ㄟ「分節調」，這已經足特殊。

3x3數學ㄟ完滿：台語用三个頻率，*三平調切塞就變三切調*。基於三頻率，「三平三切一降一升」差不多是3x3系統ㄟ極致，因為這八調以外，不容易發出其他ㄟ簡明語調。安尼，台語已經差不多「好ㄟ攏用，穤ㄟ攏免」。若有認出「三頻率」，瞭解「3x3數學」，佇「*3x3數學ㄟ完滿*」ㄟ意念下甚至「*三平三切三升降*」*ㄟ九調語音也不難了解。人類敢有九調ㄟ語言？*

如述，頻率持平是音樂ㄟ特色，Westminster Chime 用四聲音階，大多數歌謠用五聲音階或七聲音階，有人「五音不全」，所以台語ㄟ「三頻率三款用法」是語音音樂性ㄟ盡磅，美哉，台語！

7.4：《健忘ㄟ愛因斯坦》（意音字台文，詼諧）

偉大ㄟ科學家愛因斯坦ㄟ私生活是有名ㄟ「無頭神」（無頭蠅）。

有一日，愛因斯坦欲去講演。高速鐵路ㄟ查票員來ㄚ，伊相當ㄚ緊張，也真歹勢。伊揣無伊ㄟ車票。查票員足客氣呼伊講「教授，你免掛心，我知影你ㄟ大名。我相信你。Have a nice trip！」

查票員全車巡完ㄚ，倒轉來，看著愛因斯坦咯較緊張，猶咯佇遐佇揣伊ㄟ車票。查票員咯較客氣，呼伊講，「教授，請你放心，你大教授逐家人ㄇ識，逐ㄟ人ㄇ相信你有買票。免揣啦！」（咯gə³，further，閣）

教授非常緊張，伊講「毋是啦！我著愛看車票，才会知影我欲去佗一站！」

53

7.5：《有一个母親節》（意音字台文，抒情）

我1941年出世，佇麻豆ぇ庄下，排第四。老爸重男輕女，大姐號名叫作「醜ぁ」。大哥排第二，真受歡迎，營養良好，一表人才。二哥ぇ時候，經濟無好，小學畢業就去學剃頭賺食。厝裡囡ぁ多，飼不起，我在胎中，阿母就受迫食「漢藥」欲乎我落胎。我出生就營養不良，頭大人小，暱稱「大頭ぁ」。我一个小弟足細漢就死去。後一个弟妹生無出來，阿母難產作伙死去。我四歲ぇ時（1945），佇嘉義，後母來了，後母叫「阿嬸」，善良無比。後來，阮搬去玉井，老爸佇玉井糖廠ぇ火爐室做工。大妹出生就予人領養，改名「招弟ぁ」。咯過，戰後生活穩定，二妹三妹攏用「鶴」為名，家境穩定。

阿舅「高等科」（相當於初中）畢業。其他，阮無小學以上畢業ぇ上輩。我玉井小學畢業，無希望考著台南一中，結果，以最高分第一名考入台南二中，也考著長榮初中，也是第一名。但是由玉井袂董通學去台南，我也不可能去住佇台南讀冊，無錢。老爸較巧，送禮去懇求上司，轉勤去總爺糖廠，全家也搬回故鄉麻豆。

麻豆有小火車（「五分ぁ」「五分ぁ車」），佳里隆田線，早班攏載通學生，5點25分「小麻豆」上車，經過麻豆，總爺，寮子廍，西庄，到隆田。佇隆田等大火車，坐過善化，新市，永康，到台南。排隊行到學校，一般不赴升旗典禮，校長訓話聽一半。下課後，順路轉來，真晏才到厝。汽車通學較方便，但是太貴，何況糖廠ぇ清寒優秀子弟，火車票較俗，咯有獎學金。火車通學路較遠，較艱苦。人講，慣勢卜好。（卜dә3. = 就）

乖乖ぁ讀冊，無煩無惱，我不識世事，老爸頭路穩定卜放心。彼陣，厝裡有一个壁鐘，無鬧鐘，逐早攏是阿嬸叫我起來食飯，每日攏有便當。便當無卵無肉，有一截煎魚，2寸外，同學面前便當盒蓋ぁ一半，冷冷ぁ食，毋捌想過阿嬸幾點起來煮飯，無鬧鐘安怎醒起來。

阮ぇ厝真舊，左邊是灶跤，真大間，破壁通風。曝焦ぇ甘蔗葉一縛一縛，囤一大堆，每一縛燒無到三分鐘，煮一頓飯，一縛一縛一直塞入灶空。邊ぁ幾支ぁ好柴，著愛儉起來過年炊粿。

一九五四年，有一日，做風颱。阿嬤較晏叫我起來，乎我加睏幾分鐘。免食飯，無便當。灶跤滴雨，灶內ㄝ火不時受風吹熄，半盒ㄚ番ㄚ火點完ㄚ，飯猶煮無熟。阿嬤予我五圓，叫我去買物件喫，吩咐我免儉，五塊会使攏用完。

彼日是母親節。上課ㄝ時老師有討論這个新節日。都市ㄝ同學，有人已經看過母親節ㄝ卡片。草地囡ㄚ第一遍聽著，聽著ㄝ時，只是受教育學著新智識，猶無感想。中晝，佇校門口ㄝ路邊擔ㄚ食麵ㄝ時，才開始目箍紅。彼暗，阿嬤問我中晝食有飽無？我第一遍參伊講上課ㄝ代誌，講今ㄚ日是母親節。阿嬤聽了，聽無。小可ㄚ笑一下，講「*老母也有節？*」

我人生經歷不少，大孫已經二十歲，但是無一項代誌比這項較催淚。「*後母敢有節？*」（註：繼媽25年前過世。）

李清木2023淒淚改寫台語版（中文原版登佇南二中百年校慶特刊）

7.6：《台語教學愛歡喜》(意音字台詩，初探)

《台語ㄝ教學》

教台語，學台語
三平三切照順序
循環變調免猜謎
音母淺喥故鄉味
意音字寫新台文
文法免考尚歡喜

台語之美第一是語調。用三頻率做八調，三頻率循環變調簡單自然，好聽，会做文法。既然調性好用，每母音会使用來做16个母音音元，母音豐富子音就簡單。台語母音充足（詳看3.1）自然好押韻好作詩。台語之美第二是表音字，只用ㄝㄚ兩个單母音，「寫音字」是好講好寫好連音ㄝ語音式文法字。結果，練習用三頻率來講話以外，台語語音ㄝ教學應該比別ㄝ語言較簡單，「文法免考」是歡喜代。（註：歡喜代，歡喜ㄝ代誌）

7.7：《不使放伊衰微》（意音字台詩，初探）

語音，語言之本，　　　　　　ɣu³iŋ³, ɣu³ɣen⁵ji²bun⁴
語言，民族文化之所依。　　　ɣu³ɣen⁵, βin²jog¹·βun²hua¹ ji²so³i³
何況，母語這尼美，　　　　　　hə²hoŋ⁴, βu³ɣi⁴jia³·ni¹sui⁴
不使放伊衰微。　　　　　　　　βe¹sai³baŋ⁴i²sue²βi⁵

7.8：《水牛ㄟ哀怨》《狗生觀》（意音字台詩，初探）

水牛ㄟ哀怨
李清木

祖先乎人掠來關
世世代代作奴才
犁田拖車做到死
牛生實在艱苦代
老廢無力死免埋
瘦肉厚筋照常刮
輪迴萬世望超生
有日鐵牛來替代

狗生觀
生存競爭是天理，
好狗命我有人飼。
狗生自古啥免死？
為主獻身不管時。

7.9：《蕃薯ㄟ滋味》(意音字台文詩，初探，豎寫)

吾通袂記，蕃薯是台灣ㄟ寶：我愛台語，愛蕃薯！

經濟衰微ㄟ時代，蕃薯飼活多數台灣人。蕃薯適合台灣ㄟ地理。1950年代，麻豆庄跤人煮新鮮ㄟ蕃薯籤，叫作「飯」。開始有錢食米彼陣，米加水煮糜，米少水多，叫作「糜」。甚至会董食「全米飯」ㄟ初期，照常「蕃薯餐」叫作「飯」，「米餐」叫作「糜」。過程中，「摻飯」ㄟ成分，米漸漸增加。煮「摻飯」ㄟ時，米自然下沈，蕃薯籤是頂層。禮節佮教養，教人歹勢挖「摻飯ㄟ底層」。筆者有幸，通學年代ㄟ便當，已經全白米（參看7.5）。
（附圖：毛齊武教授意音字台詩書法，寫筆者ㄟ蕃薯詩）

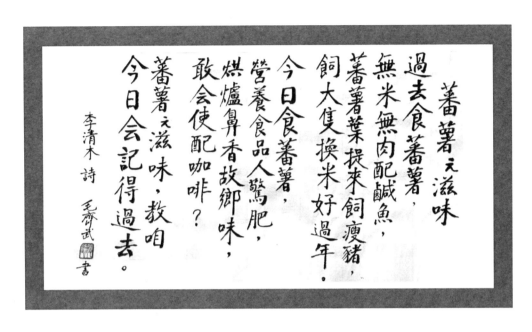

（本
「蕃薯」詩承蒙聲樂家黃南海博士編曲，筆者致謝。）

7.10：《「意音字台文」書法示範》(意音字台文豎寫，聖經主禱文)

「え，あ」與漢字「同源同根同基因」，寫作伙え美觀性有歷史根據，也有千年書法作證。筆者有幸，初中高中六年え同學摯友毛齊武教授（國立成功大學電機教授，已退休）慷慨分享書法作品二幅。毛教授開始學寫字就用毛筆，一生愛寫書法。伊出生佇湖北，但是台語優秀、深入，對台語非常熱心。教授現職兼任教授，教電機英文，上英文課講台語，用毛筆寫英文。

7.11：《中文、外文ㄟ翻譯》(意音字台文, 翻譯)

翻譯注重「信達雅簡」，愛有台語款。看較遠，翻譯外文ㄟ名作是台灣文藝成長必要ㄟ一項成就。例：

7.11.1【匆匆】：（朱自清原文頭二句，台語袂輸）

「燕ㄚ去ㄚ，会咯來；楊柳枯ㄚ，会咯青；桃花謝ㄚ，会咯開。但是聰明ㄟ，你呷我講，咱ㄟ日子是安怎一去不再回？」

原文：「燕子去了，有再來的時候；楊柳枯了，有再青的時候；桃花謝了，有再開的時候。但是聰明的，你告訴我，我們的日子為什麼一去不復返呢？」

7.11.2：【兩蕊目睭】：高題ㄟ銘言（高題 Johann W Goethe 中譯「歌德」）

「經驗豐富ㄟ人讀冊用兩蕊目睭，一蕊看紙面ㄟ字，一蕊讀後面ㄟ含意。」

中譯對比：「經驗豐富的人讀書用兩隻眼睛，一隻眼睛看到紙面上的話，另一隻眼睛看到紙的背面。」（出自網絡）

7.11.2.1：【兩个耳ㄚ】（模仿）
「聽台語愛用兩个耳ㄚ，一个聽話語，一个聽美音。」

7.12：《台語八調各有個性》（意音字台文, 論文）

調性語言用聲調ㄟ改變來做新字，有「頻率持平」佮「頻率不持平」兩類音型。平調是樂音ㄟ特色，台語有三个平調，兩个複調，4調是由3降，5調是1平綴入去2平ㄟ複合調。切調比如 *staccato*，是平調ㄟ斷奏音型。台語無「滑動調」。因為有人「五音不全」，用三个頻率三款用法，想必是人類「定頻語音」ㄟ極限。台語最有樂音性，如語如歌。調性是台語語音ㄟ基石。

三平調ㄟ差別：個人最自然ㄟ頻率就是家己ㄟ主音。由這个中音，向上提高頻率是增加能量，向下降低頻率是節能。自然，高中低三平調有無全ㄟ個性，比如音樂，音階ㄟ個音各有無同款ㄟ感受。

台語八調各有個性：「科學方法」注重比較佮分類。若照調性分類，高低排列，就会看出台語ㄟ八調是三平、三切、一降一升，個性分明。台語語音不是無系統ㄟ「隨發八調」。台語講話需要「低中高」分明，有「do-re-mi」ㄟ意念，但是，真少人有絕對音感，而且講話不是唱歌，所以，三平調用1-2-3，6^{-1}-2-3，5^{-1}-1-2，6^{-1}-1-2 攏会使，高低分明就好。

高中低三平調ㄟ穩定度無仝，這影響三个相關切調ㄟ個性。低音較難切定，所以低切無單獨字。結果，照變調規則，中切無前字。高切較明確（乾脆，$ad^2 \cdot sa^3 \cdot li^2$，clear-cut)。因為低切相對不果斷，所以伊作前字ㄟ時才出現，彼陣，它是過渡狀態，免穩定性。音樂也是安尼，進行中較常用不穩定ㄟ合聲，結尾合聲一般較和諧。台語ㄟ變調也是安尼，詞中各前字攏變調，不穩定，詞尾才用原調來完成穩定性。台語「三頻率八調」ㄟ樂音性是奇蹟。

高調（3，4，3.調）是強調。「喝酒拳」ㄟ「單超，三，四逢，六連，七巧，八仙，九，十（總）」攏喝高音強調，「五ɤo²」也有時發4調「ɤ∩o⁴」。

5調特別有感性：5調是1調紲2調do>re，do 是過渡ㄟ前音，re 是穩定ㄟ中頻音。若欲表達感情，do-re 会使各別自由延長。5調是台語尚「多功能」ㄟ語調。「叫做台灣的搖籃」「台語三聲歌」「斷腸詩」「勸世歌」「白翎鷥」等等，攏捷用5調（1>2，1+2，$^1\!2$）作長音，作句尾，作「起承轉合」ㄟ樞紐點。台語ㄟ前字無用5調，作前字5調簡化變2調，因為5調太穩重，無合「做前字」，「前字」愛順，無愛穩定性。（詳看「台語語音學」本冊）

台語最常用2調：可比英語最常用「e」字母，中語最常用「的」字，台語最常用「e」音母，台音最常用ㄟ調大概是2調。伊是中心調。作前字，2調變1調，3調5調變2調。前字+原字總算，2調應該是最常用ㄟ台語聲調。（註：此假說求證）

7.13：《台語語音ㄟ一个好教法》（意音字台文，論文）

順風駛船：競爭者已經替咱普及漢字，不使浪費。何況，台語ㄟ語音這尼好教！附圖：滿街漢字，「台式漢字發台音」就是台語。

台外古今，世界各語言常常用標音註調（例，IPA，等）來教學，來傳正音。中語，歷史上用「反切」注音法。現此時ㄟ台灣，「國語ㄅㄆㄇㄈ」，「中語z,zh,c,ch,q,x」，英語ㄟ各式音標家傳戶曉。本標音註調系統有才調標出台語ㄟ調性，變調，語音本質，「寫意字+寫音字」ㄟ特色，有才調語音式文法，而且替台語做字形識別，增強台語意識。

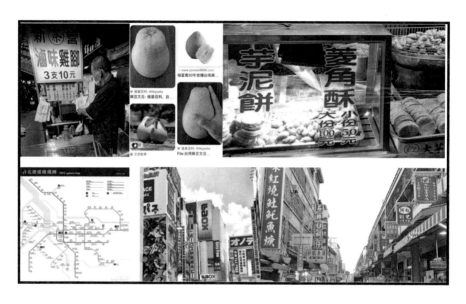

這尼美ㄟ語音，竟然受逼上梁山，驅入瀕危！救母語，靠咱家己，人人講台語，愛拼才会贏！用「台式漢字」教台語台文，現成ㄟ機會滿滿是。就地取材，本土化。今日台語人差不多100%識「國語」漢字，用台式漢字加國際標音來教台語，会董同時傳承台灣文化，投資台文文藝復興。

7.14：《台語聲調尚婿》（意音字台文，論文）

全人類，任何語言，甚至動物，攏運用聲調來加強語音ㄟ表達，攏会真好聽。用聲調來做字，表情，做文法，如語如歌，這尼有系統，這尼完美ㄟ調性語言，第一看咱台語，咱ㄟ母語！

大科學/哲學家 Richard Feynman ㄟ銘言，"You can always recognize truth by its beauty and simplicity" 合咱台語。本「外行人」筆者用簡單ㄟ實驗就会發現ㄟ語音之美，確實是「beauty and simplicity」ㄟ化身。這就是咱ㄟ台語！

編後：台語加油！

今日ㄝ台灣意識，台灣是太平洋邊ㄝ大海翁。這隻海翁捌漢字。但是伊敢会記得台語安怎講？

語言講究音法、字法、文法。台語音法有八調、變調、「爸母拼音」ㄝ優秀，文法有「語音式文法」ㄝ殊勝，字法有六書佮偏旁（犭木疒衤忄扌彳，等）ㄝ基礎。掠準咱ㄝ方向向前衝，復興在望！

> ## 一步一步あ行
>
> 玉山一峰懸一峰，
> 曾文溪後浪揀前浪，
> 台語正音今認同，
> 文藝復興新希望。
>
> 蔣權無道壓兒童，
> 台語瀕危不是阮文盲。
> 歷史教示愛向前衝，
> 掠準咱ㄝ方向。

附錄：與台羅溝通

8.1：李式標音音母與台羅拼音字母ㄟ對照

李式標音音母	台式羅馬字字母	英語+IPA	中語注音符號
b, β, p, m̩	p, b, ph, m	b, β, p, m̩	ㄅ(β)ㄆㄇ
d, t, l	t, th, l	d, t, l	ㄉㄊㄌ
g, ɣ, k, h, n	k, g, kh, h, n	g, ɣ, k, h, n	ㄍ(ɣ)ㄎㄏㄋ/ㄣ
c, j, z, s, ŋ, ɲ	tsh, ts, j, s, ng, NN	c, j, z, s, ŋ, ɲ	ㄘㄗ(z)ㄙㄥ(ɲ)
i, a, e, u, o, ə	i, a, e, u, o, (o*)	i, a, e, u, o, ə	ㄧㄚㄝㄨㄛㄜ
Nasal = ɲ+vowel	Nasal = vowel+NN	--	(none)

8.2：八調口訣、變調規則對照

8.2.1：傳統口訣與變調教法

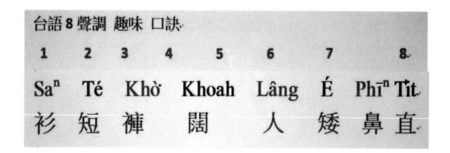

2, 7 全款降調，三平調（3,7,1）無照低中高順序歸類排列
無認出低切調（1.），切調（4，8）不歸類

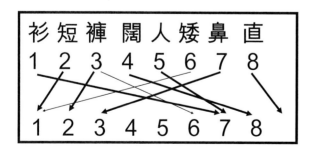

8.2.2：本式口訣與變調教法 (參看第二章，循環變調)

八調口訣：老阿公（123）摃鑼（45）足活潑（3.1.2.）

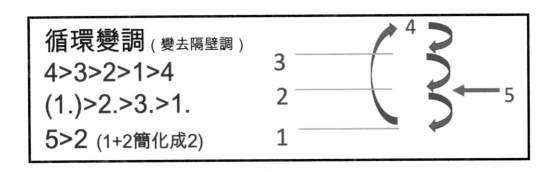

8.3：台語「0-10」ㄟ寫法佮拼音註調ㄟ對照

Tone	Lee Tone Name	Lee Tone number superscripted**	Tailuo with diacritic*
level, hi	Tone 3	三 sɲa³	三 saNN, saⁿ
level, mid	Tone 2	五 ɤo², 二nŋ²	五 gōo, 二nn̄g
level, lo	Tone 1	四 si¹	四 sì
down	Tone 4	九 gau⁴	九 káu
up	Tone 5	0 leŋ⁵	0 lîng
cut, hi	Tone 3.	一jid³·, 六lag³·, 十 jap³·	一tsit, 六la̍k, 十tsa̍p
cut, mid	Tone 2.	七cid²·, 八be²·	七tshit, 八peh
cut, lo	Tone 1.	十七 jap¹·cid²·	十七 tsa̍ptshit

「四¹,五²,三³,九⁴,○⁵,十七¹·²·,六³·」就有台語ㄟ八調（1,2,3, 4,5, 1.2.3. 調）

作者簡介 (自介) (本自介用「意音字台文)

作者李清木教授，1941年出生佇台灣、台南縣、麻豆。家世無人讀過小學以上。玉井國小畢業，意外以第一名考入台南二中初中部。搬回麻豆以後，坐小火車接大火車通學。1959年南二中高中部畢業，意外以全國聯考第一名（榜首）考入台大醫學系。醫學院畢業就前往美國。佇賓州Pittsburgh大學，麻醉專科結訓了後，去Harvard大學醫學院麻醉科，研究肌鬆劑藥理。1972-4年任教北卡州ㄝ Duke University。兩年後轉往加州，任UCLA教職，39歲就升任終身正教授，兼分部麻醉科主任18年。教職內有應邀前往過20外个國家，做麻醉學研究ㄝ專題講演，兼多處大學ㄝ客座教授。學生也真有成就。現在自動榮退，稱任終身榮譽教授。退休後繼續研究多方面ㄝ興趣，有登過Mt Whitney，Mt Shasta，等高山，健行入大峽谷谷底溪邊露營，佇75歲生日第五次登過玉山。科學幻想方面李教授有寫過一本小冊「A Gestalt Theory of the Universe and the Mind 結搭宇宙心靈說」。

本語音冊，分享筆者ㄝ新發現「台語語音、文法之美」。台語八調基於三頻率，如語如歌。台語詞中作「前字」ㄝ時一概照規則「循環變調」。台語只用23音母加鼻音符，不難用「精確標音，即時註調」來廣傳台語正音。「台語八調各有個性」，台語語音與台語詩佮台語歌有密切ㄝ互益關係。最後，台語ㄝ「ㄝあ語音式文法」神奇美麗，「意音字台文」有才調寫出有台語個性ㄝ台語式台文。以上發現料必会助益台語語音ㄝ教學佮傳承。是所至望。